シルクロード

キャスリーン・デイヴィス
久保美代子 訳

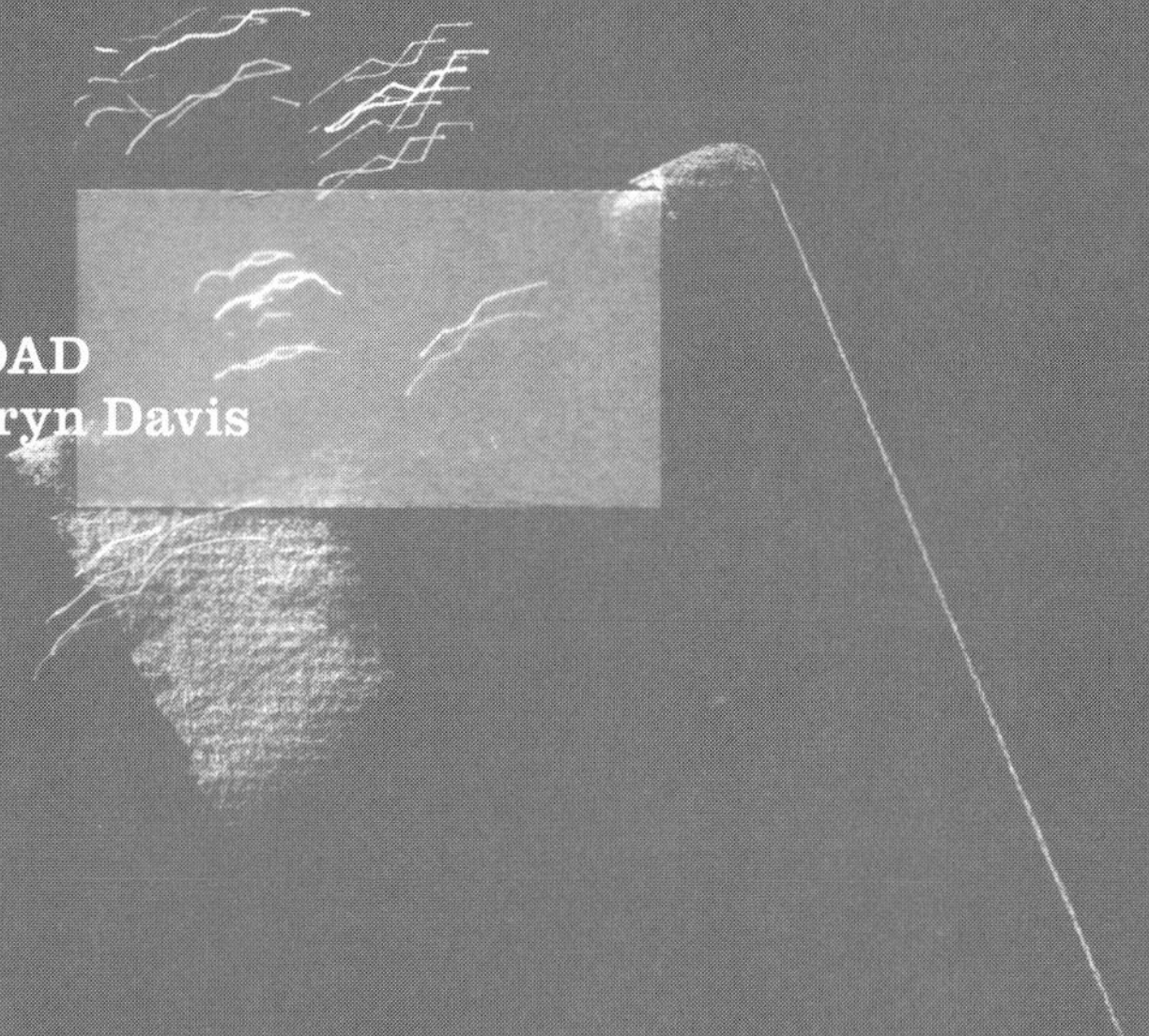

THE SILK ROAD
Kathryn Davis

早川書房

THE SILK ROAD
by
Kathryn Davis

Translated by
Miyoko Kubo
First published 2021 in Japan by
Hayakawa Publishing, Inc.
This book is published in Japan by
direct arrangement with
The Wylie Agency (UK) Ltd.

装画／田渕正敏
装幀／仁木順平

エリックに

わたしたちはラビリンスにいた。それはまちがいないが、いつのことだったかについては、意見が一致しなかった。ジー・ムーンはブランケットからはみ出ている誰かの左手をブランケットの下に入れて端をたくしこみ、右手も同じようにした。その手つきは優しいがきっぱりとしていて、自分たちでできるようにお手本を示されているように思えた。彼女は次に誰かの頭を持ちあげたが、人間の身体の一部ではなく、キャベツか惑星か、あるいは、あらゆる妙案や悪知恵が詰まった器《うつわ》を持っているみたいに見えた。それらはまさに、人間の頭から連想されるイメージだ。誰もが、永久凍土が溶けるときに放つガスの匂いに気づいていたし、ヨガマットの下でラビリンスの床が沈んでいくのも感じていた。下がって、下がって、下へ、パラダイスより下へ。デパートにはかつてエレベーターがあって、エレベーターにはエレベーター係がいて、ゆっくりと開くドアから降りたら、何を目にするか教えてくれたものだ。売り場には、頭も腕もない白いマネキンが飾られ、もう二度と会うこともない人たちがいた。

ラビリンスのガスの匂いには、お香の薫りが混じっていた。ジー・ムーンが、わたしたちの落ち着きのない褐色の目をアイ・ピローで覆ってしまったので、実際に香炉から出ている煙は見えなかったが、そのさまを思い描くことはできた。煙は螺旋を描きながら立ちのぼり、しばらくその形を保つ。それは、ヒンドゥー教の女神ドゥマーヴァティーを彷彿《ほうふつ》させる。この女神は破滅の象徴であり、すべてが破壊されたあとの世界に漂う煙の化身でもある。

とちゅうで誰かが鼾《いびき》をかきはじめた。驚くほど和やかな雑音だ。雑音などに惑わされずに集中しなければいけないのだが、どうしても気になってしまう。この世は――ジー・ムーンの言葉を信じるとしたら、全部で十四あるなかで、わたしたちの世はいちばん下の下らしいが――些事が多すぎる。ジー・ムーンは日によって、ブランケットからブランケットへとすばやく動きまわることもあるが、今日は、ひとりひとりの頭蓋骨の下部にある柔らかい組織を指で押したりして、じっくり移動している。

リラックスしている振りはできない。この部屋のすぐそこ、自分たちのすぐそばに、篩《ふるい》を持ってカラスを連れた煙の女神ドゥマーヴァティーがいない振りなどできない。
けれども、そのカラスがこの北方のカラスなら、ワタリガラスだったはず。
息を吸って、息を吐く。誰かの鼾と、誰かの考えが聞こえる。
北部の泥炭のなかには、ほかのすべての生物を合わせたより多くの有機炭素があるの。
人は万物をつなげるボンドみたいなものだ。
愛しいきみ、大好きだよ。
そうして神々は席に着く。

わたしたちはそれぞれの考えを区別して聞くことはできないし、すべての考えを同時に聞くこともできない。ジー・ムーンはわたしたちにとってひとつの謎だ。その存在は、水のように光を放ちながらつねに変化する何か、新生児の目のようにどこまでも深く蒼い何かで覆われている。女神の篩は穀物の粒と殻、外側の幻想と内側の現実を振り分けるのに使われる。

その日のレッスンは、腕でバランスを取るポーズなどがあり、動きが激しかったので、屍のポーズ《シャバーサナ》を行うためにマットに寝ころんだときは、心を読むまでもなく、誰もが安堵しているのがわかった。リラックスの時間だ。すべてを手放して、死体のように横たわる。

このポーズがいちばんむずかしい。この五番ルームを満杯にしている人びとがみな、世界が終わりかけていると知っていて、それでも、このポーズに充分に励めば、死なずにすむとわかっている事実を考慮すると。

ときどき、イメージが湧いてこなかったり、以前のイメージでは女だった人が男になっていたり、年齢や顔が違ったりすることがあった。鹿、蛍、クロミツバチ、魚——わたしたちはそれぞれ、一度は同じ間違いを犯し、色づく紅葉、セックスの匂い、揺らめく蠟燭《ろうそく》の炎、釣り針につけられた芋虫のせいで気を逸らされたことがある。天文学者《アストロノマー》も、記録保管人《アーキビスト》も、植物学者《ボタニスト》も、守護者《キーパー》も、位相幾何学者《トポロジスト》も、地理学者《ジオグラファー》も、氷屋《アイスマン》も、そしてキッチンにいるコックも。コックはなんだかんだと言い訳を作って、いつもキッチンにいる。

その部屋にはドアがふたつあった。ひとつは、ラビリンスのトンネル・システムに戻るドアで、あけるとすぐ待合室になっており、靴や眼鏡、ノートなど私物を置いておける小さく区切られた棚や、フックがある。もうひとつのドアは小さなトイレにつながっている。便器の上にある棚では、シヴァ神の妻シャクティの垢を集めてできた神ガネーシャが、太鼓腹を上下させてくつろぎ、クリシュナ神は頭が五つある蛇に乗って川を渡っている。

シャリオ、シャリオ、もしわたしをお望みなら《シ・トゥ・ヴェ・ドゥ・モア》……

万物のどれをとっても、単独で生まれいずるものなどありはしない。

こんなふうにして、この部屋でそれは起こった。いくつもの考えが、頭から――脳の領域だけでなく――あふれでて、さらに身体のほかの部分からも湧きでてくると、分子レベルでほかの人の考えとつながり、お香の煙が大気に混じるように、過去と現在と未来とが混じりあい、新しい存在や新しい世界が生まれた。戦車《シャリオ》は星を乗せて進む。五つのシャリオを五人の天の皇帝が操っているといういわれのある五車座《ウーチョア》。〝シャリオ〟はおおぐま座《ウルサ・マヨール》のなかにある北斗七星《アークトス》のことでもある。アークトスはギリシャ語でクマの意味だ。タロットカードの大アルカナの七番目のカードは〝シャリオ〟。リトル・ペギー・マーチは《アイ・ウィル・フォロー・ヒム》というタイトルで〝シャリオ〟を唄っている（邦題は『愛のシャリオ』）。英語に訳された歌は、フランス語の原曲の歌詞〝最後の星が光る空の下、あなたと共に旅立ち、終わりなき平原を、平原を、平原を越えていくわ……〟ほど、怖い内容ではない。

危険はいつも見間違えようがないと、わたしたちにはわかっていた。危険は、物事の発端を壊そうとするし、魂を身体から解きはなって毛穴から外に出し、生命活動を止めようとする。

危険はあらゆる場所に存在するけれど、いざ探すとなると、どこを探せばいいのかわからない。わかっているのは、危険は力を内に溜めているということ。そして、動く準備を整えたアメーバみたいに、足を突きだそうと待ち構え、トイレへ向かう人が誰であれ、不意をついてその人の足を引っかける。そして、これは意図的に行われたのかという謎を残す。トイレに行こうと誰かが立ったちょうどそのとき、見ていなかったとみんなは誓ったものの、アイ・ピローの下から覗いていた人がいるのだろうか。

起こったことは、まさに宿命《カルマ》というより、それ以外の何ごとも起こりようがなかったというほうが近い。前世や生まれ変わりがあると信じていたとしても、わたしたちはみな、自分自身の前世を想像できなかったし、いま生きている自分の人生とはまったく別の新しい生が始まるとも思えなかった。列車の車両は、別の鉄道会社のものであれ、寝台車や食堂車、貨物車、機関車、車掌車など違う種類の車両であれ、少なくとも車両である必要がある。天から降りかかるものはどれも、避けようがないとはかぎらない。

トイレのドアがほとんど音を立てずに開いて、閉じた。いったん人がはいると、何をしても音が漏れてくる。最初に聞こえたのは、あわただしい流れとゆっくりしたたる音で、そのあとしばらくトイレットペーパーのカラカラという音が続いた。静寂が強まるなか、みんなが笑いをこらえながら待った。水を流す音がした。と、そのとき、トンネルへ通じるドアがバタンと音を立てた。

なんなの？　誰かがささやいた。

答えは明らかだったが、誰かがひそひそ声で返事をする。トイレだよ。

ジー・ムーンの気を引かないようにしながら、わたしたちはこっそり盗み見した。トイレのドアはまだ閉まっていたが、トンネルへと続くドアが半開きで、ブランケットにくるまれた自分たちの身体の向こうに、薄暗い待合室がかろうじて見えた。トンネルのドアは、わたしたちがなかにいるあいだ開きっぱなしだったのだろうか。いつもは、わたしたちがそれぞれマットを敷いて、楽な姿勢ですわり、呼吸に注意を向けはじめると、ジー・ムーンがそのドアを閉めた。それは、部屋のなかのものはすべて部屋のなかに留めておくためであり、そのドアを通って待合室にはいり、灯りのついていないラビリンスへの通路を進みたいという誘惑を抑えるためでもある。ラビリンスでは、脳の神経回路を巡る想念のように、やみくもに道を進むことを学んだ。そうやってできるだけ移民用施設から遠く離れ、ようやく、青空が広がる入り江のはずれにたどりついた。それは晩春の、キャンドル状の氷ができる季節だった。カリブーが活発に動いていた。けれども、見たこともない蹄《ひづめ》の割れた動物に、うっかり気を逸らされてはいけない。

ではゆっくり、とジー・ムーンが言った。身体を横向きにして。ゆっくり、ゆっくり。あわてないで。赤ん坊のように身体を丸めて。

自分自身の呼吸音にすっかり同調していたので、最初は、ほかのみんなが立てている音が耳にはいらなかった。それからだんだん、ゴムのマットから身体を持ちあげるときの肌が擦れる音や、ため息や、鼻をかむ音や、上着のファスナーを閉める音が耳に心地よく聞こえてくる。ふと、力を抜いて仰向けに寝転んでいたことに気づいて目をあけるが、この一時間のあいだ、どこにいたのかはっきりしない。一時間以上経っていたのかもしれないし、一瞬の出来事だったのかもしれない。窓も時計もないので時間がわからない。

わたしたちは、すぐには状況が飲みこめなかった。ほら起きて、御眠《おねむ》さん。ジー・ムーンが部屋の奥に進みながら言った。

あとで思い返しても、鏡を持っていないかとみんなに尋ね、息があるか確かめたのが誰だったか思い出せなかった。アイスマンは、コンパクトを出したのはトポロジストだったと思っていたけれど、実際はキーパーだった。昔の悪習のなごりよ、とキーパーは説明した。

わたしたちはそれぞれ、手押し車やショルダーバッグやラクダのコブみたいに、過去を携えてきていた。

ル・ピュイ＝アン＝ヴレの町は、古代火山の噴火口だった椀状の土地の内側にあり、周囲のいたるところに高く突きでた山がそびえている。千年以上ものあいだ、巡礼者はここから始まる巡礼路《トレイル》を歩き、スペインの海岸にある世界の終わり、最果ての地を目指した。

トポロジストは、ル・ピュイに到着するやいなや、ガイドブックに丸印をつけていたホステルに宿を取った。彼女にはお金がほとんどなかったので、ベッドしかないような小さく仕切られたスペースをあてがわれた。トコジラミを防ぐために、狭いベッドと固い枕の上にシルクの青い寝袋を広げた。この旅自体と、旅について解説しているガイドブックは部署からの退職祝いで、寝袋は、退職日に泣いてくれた事務員からの贈り物だった。

レ・ピュネーズ、とジオグラファーが言った。ピュネーズはフランス語でトコジラミという意味だ。ジオグラファーは交換留学生としてフランスで一年間過ごしたので、フランス語を流暢《りゅうちょう》に話す。歴史上この日までに、文明世界に生きる大半の人びとは、本格的な襲撃とは言わないまでも、一、二度はこの虫に嚙まれたことがあるものだ。

ル・ピュイは世界的に有名なレンズマメの産地でもある、とコックが知識を披露した。

トポロジストがホステルから散策に出かけたとき、外はまだ明るかった。太陽は夜十時ごろまで沈まない。二百六十七段の階段を上って、「針」の先に建てられたチャペルに向かった。「針」とはマグマが固まった突岩のことだ。この見晴らしのいい場所から見下ろすと、足元に輪郭のぼやけた町が広がっている。しばらくしたら、この町並みはまたたく光の群れでしかなくなるだろう。おそらくこのような景色から神は、夜空のアイデアを得たのかもしれない。

故郷はいまごろ、まだ昼下がりだろう。あそこはなんにも変わらない。部署の事務員はデスクにすわって、トポロジストがパリから送った葉書を同僚の誰かに見せているだろう。そもそも、彼らがいなければ、ル・ピュイに来ることはなかったはずだ。

もちろん、わたしたちの誰にも、ほかに選択肢はなかった。想像を超えるどころか想像しようという意識さえもはるかに超えた方法で、わたしたちはつながっていた。

そこを考えてみて、とジー・ムーンは言った。わたしたちはみな、褐色の目をしていた。わたしたちはみな、黒い小石の嵐みたいな、あるいはまばゆいブロケードと雹《ひょう》の嵐みたいな子ども時代を経験した。十六歳の誕生日は、巻かれたカーペットのようでもあり、これ以上ないほど後方にある消失点へと伸びた、日の当たらない小道のようでもあった。

あれは本当にあったことかしら。トポロジストは可算順序数を名づける能力とは対照的に、過去の記憶が不完全な自分を誇りにしていた。トポロジストの目は茶色で、とくに黒っぽいわけではない。十六歳になる夜に、ひどい喧嘩があったことはなんとなく覚えている。けれども、誰と誰が喧嘩をしていたかは思い出せず、玄関の廊下を歩く重い足音と、ぱっくり割れたものから馴染みのない湿っぽい匂いがしていた記憶だけがよみがえった。

カーブを回ってドアをあけ、廊下を曲がれば、失ったと思っていたものが命を吹き返して、そこにいるかもしれない。だからこそ、わたしたちはみな、あれほど多くの黒い小石を積みあげたのだ。

移動する準備をしたほうがいいわ、とジー・ムーンが言った。

さあ、黒い道を突きすすむ支度をしましょう！

トポロジストがいま立っている火山は、何世紀もまえに噴火していらい休眠しているとはいえ、足の下から頭上高くまで噴出する溶解した地球の核の激しさを感じ取ることはできた。キリスト教のチャペルが建つまえは、メルクリウスの聖地だった。メルクリウスは、伝言と詩、商売人と盗人の神で、黄泉《よみ》の国に新たな死者の魂を運ぶ役目も果たしている。小さな緑色のトカゲが石積みの隙間から現れ、にやにやした口元からピンクの舌を出したり引っこめたりしながら、またふいに隙間のなかに隠れた。

最初の夜、ほかの人たちの寝息がすぐ近くで聞こえ、まるで四方八方から囲まれているような気がして、トポロジストはあまりよく眠れなかった。「きみ、鼾をかいてたよ」と、隣の仕切りで寝ていたスウェーデン人が翌朝同じタイミングで起きてきて、なんの斟酌《しんしゃく》もなく言った。

「あなたもね」と返したが、本当は男の鼾は聞こえなかった。

男は、無邪気な顔つきで、ホワイト・ブロンドの髪をマッシュルームヘアにしていた。「祝福を受けに行くかい」と男は尋ねた。司教から祝福を受けたら、無料でロザリオをもらえることになっているのだ。

通常なら何も見返りがない行為で、何かを手に入れられる機会に抗うのはむずかしい。とはいえ、司教の祝福を受けるためにこのスウェーデン人と一緒に出かけたら、その後は巡礼の道を一緒に歩くことになってしまうだろう。

「たぶん行かない」トポロジストは応えた。

「たいしたものじゃないよな。どうせプラスチックの十字架だし」

気持ちのいい朝で、ル・ピュイの通りは、裾の長い黒の平服《キャソック》をまとった聖職者たちが、急勾配の坂をチェスの駒みたいに行ったり来たりしているだけだった。あらゆるものに降りていた朝露が、濡れた石の匂いを残して消えつつあり、太陽が昇りきると、その水の匂いも薄い空気のなかに蒸発していった。蒸発は誰にでも起こりうる——さまよえる巡礼者のための目印が、いつの時代もあったわけではない。中世の巡礼者は迷うと、二度と戻ってこられなかった。近頃の巡礼者は、目印に従いさえすればいい。赤い横線の上に白い線がはいったものに。その二本の線がX型になっていたら、道を間違えたということだ。ときどき、トレイルのとちゅうで、この目印がなかなか見つからない箇所がある。〝サベッジ・ドメイン〟と呼ばれるそのような区域では、雹や雷や深い霧などの悪天候や、奇怪な犬の頭をした野獣に出会うとされている。サベッジ・ドメインで目印が見つからないときは、鐘がある。野獣から逃れたければ、鐘の音を頼りに進めばいい。

鐘には少女の名前がついていた。たしか誰か覚えてたよね？

けれどもわたしたちには、忘れようと決めたことがあり、鐘の名前もそのひとつだった。

トポロジストは両手を耳に持っていった。音を聞く能力が最初に消滅したら、どうすればいいのだろう。トポロジストはル・ピュイの不可解な影響を味わっていた。石積みのすべての石とは対照的に、人は自分の肉体が縮むのを感じることができる。食べ物の匂いを嗅ぐ能力はどうだろう。それがなくなったらどうなるか。抑制が利いている環境とは違って、ここの空間は折り畳んだり、引き伸ばしたりすることができない。ル・ピュイでは、食事——ある固体を別の固体に入れる行為——として、たとえばリンゴとか、レンズマメほどの小さなものさえ、体内に入れることなど考えられなかった。

トポロジストは歩きだした。下って、下って、冷たくて暗い火山のふもとへ。太陽は昇ったままだ。空はあのスウェーデン人の瞳の色に似ている。子どものころの計画は単純だった。自分自身をほかの人に結びつけること。それは申し分のない計画だったし、一度ならず、それで命を救われた。数年経ったいまでも、引っぱられる感覚を思い出すことができる。けれども、それで安全だったのだろうか。むしろ絞首刑の輪縄みたいなものだったのでは。

アーキビストが反論した。絞首刑の縄はおれのものだ。それはおれの罰で、きみのじゃない。

まるで、それぞれが処刑の方法を所有しているみたいな言いかただ。

ようやく、トポロジストは谷の底にたどりついて、次にカプサン通りの坂を上りはじめた。上り坂はさきほどの下り坂より急勾配で、とちゅうに道路に沿ってベンチがいくつかあった。そのひとつにポンチョ型の赤いレインコートを着た、ずんぐりした女がすわっていた。「勇気を《クラージュ》！」と女はフランス語の発音で言いながら、拳を突きあげた。ポンチョのせいで顔がよく見えなかった。

「勇気を！」とトポロジストはおうむ返しに言ったが、本当は「雨は降ってませんよ」と言いたかった。

勇気、勇気。いましていることに勇気などいらない。丘の頂上に、ガイドブックの案内のとおり、現代的な工場の建物が現れ、高い石塀に沿って幅の広い砂利道が伸びていた。坂を上って、また下りる。これこそ、火山によってできた地形だ。しばらくのあいだ、ガゼル渓谷の上の、苔生《こけむ》した巨石がごろごろしている道を歩いた。通りかかった最初の村に寄って、ランチ用にパンとチーズとソーセージを買うつもりだった。牛やロバ、猫や鶏をみかけた。

どんな種類のコケだった？　アイスマンは尋ねたが、答えを期待していないことはみんなわかっていた。

コックがはっと居眠りから目覚めて、ワインを忘れるなよ、と言った。あそこのワインは世界一だから。

で、歩いていると、とアーキビストが言った。牛がいて、石壁があったんだな。誰も観光情報になんか興味ないぞ。

アーキビストがまだ縄の件に腹を立てているのは明らかだ。いずれにしろ、この話がどこに向かっているのか、わたしたちは知っていた。巡礼の伝説によると、ル・ピュイを出て一日くらいすると、ある人が現れ、近道があるから赤と白の目印を無視するように助言し、微に入り細をうがって近道の説明をする。その助言に従った結果はさまざまだ。出発した場所に戻った人。暗い森で独り一夜を明かした人。二度と姿を現さなかった人もいる。

もちろん、暗い森だ。暗い森が手掛かりだ。

ジー・ムーンが目を細め、独特の目つきで宙を見つめている。

我らが人生の旅半《なか》ばにして、とアイスマンが言った。

大柄な人だったわ、とトポロジストが言った。道端にたくさん十字架碑があって、そこにまぎれこんでたのよね。トポロジストが部屋をさっと見渡したので、わたしたちは自分の身体の大きさを意識した。

男だったの？　それとも女？　ジオグラファーがタブレットを取りだしながら言った。

わからない、とトポロジストは応えた。

わからないの？　キーパーが笑いながら言った。まったく学者ときたら。これまで記憶を再現できたのは奇跡ね。

その人の後ろから光が当たってたんだもの、とトポロジストは言い訳した。男であれ女であれ、その人は十字架の陰から現れた。海賊みたいにバンダナを巻いていた。きっと遅い時間だったにちがいない。太陽が地平線に沈みかけていて、まぶしくてしかたなかったから。まもなく、夜のとばりが降りるし、その場所から次の村までの道は、岩が多くて急勾配ときている。ベストコンディションでも危険な行程なのに、小雨まで降りだして、コケに覆われた岩が滑りやすくなっていた。

それは三日目のことだった。あのスウェーデン人を除けば、出会った巡礼者はほんのわずかだ。足の速い巡礼者は、重要な約束に遅れているみたいに大股で追い越していったし、疲れきった巡礼者は、木の幹にもたれていた。トポロジストは寂しい気持ちに気づいていなかった。故郷では、独りで過ごすことが多かったから、まさか寂しさを味わうとは思ってもいなかったのだ。たとえ目に映ってはいなくても、たいてい誰かがそばにいたという事実を忘れていた。部署のキッチンでコーヒーを淹れているときも、コピー機のそばにいるときも、荷物を送る準備をしているときも。ときどき、同じ部屋にいる同僚が隣のデスクにすわっていることもあったが、それでも目にはいっていなかった。そのときは、未解決問題の連続体仮説の完璧な数式モデルを説明する無限の点を考察するのに忙しかったのかもしれない。

その道はエッグ湖の端を回る近道になるはずだ。トポロジストはその響きが気に入った。険しい道を迂回して、ディナーの時間に間に合うようにモニストロル＝ダリエに着けるだろう。ホステルが嫌ならモニストロルが誇る三ツ星ホテルに泊まってもいい。例の目印を無視して、アルファベットのMがついた一連の石塚《ケルン》をたどりさえすればいいのだ。

「モニストロルのMね」トポロジストは当てずっぽうを言った。

「どう捉えるかはご自由に」バンダナの人は言った。低い声だった。けれども、女でもそんな声の人はいる。


雨が激しくなってきた。最初のケルンは、左手の黄色いエニシダの藪のなかにあるのをどうにか見つけた。

片足を出して、その先にもう片方の足を出す。こうやって人は歩いている。わたしたちはこの事実を知りつくしている。単独の原子の予測不能な動きに由来する内側からの自発的なアクションだ。一歩先がやっと見える状態で道を進んでいくと、雨としだいに深まる闇の先に、ふいに次のケルンが見えた。周辺にある固体は、どうやって過去に溶けこみ、新たな順序で未来から現れてくるのだろうか。話に聞いたとおり、道は急な下り坂にもならず、岩石も散乱していなかった。それどころか足元は、オオミズアオの翅《はね》みたいな淡緑色と半透明の濡れた草が重なって、織物のようにふかふかだ。歩いているうちに、身体がほてってきた。下から何かに、足のあいだの割れ目になんとも官能的な視線を送られているような気分だった。腰から下がむきだしになっているような感覚だ。飢えたような視線を感じて、濡れ、息がどんどん荒くなる。

歩いているとそうなることがあるわ、とキーパーが言った。そんなのごく普通のことよ。トポロジストを安心させようとしているのだ。母親みたいに。

スファグナム・サブニテンス、とアイスマンが言った。輝くミズゴケ《ミズゴケ》。あいつらが考えているのはセックスのことだけだ。

ふたつめのケルン、三つめのケルン、四つめのケルン。そのころには雨があまりに激しすぎて、ほとんど何も見えなくなり、とうとうケルンの数がわからなくなった。さまざまな思いが身体の各部位を巡り、心の痛みを解きはなつ。喉の奥から音が湧きあがり、目は何もかも見るのをやめ、ただ心の目には湿った緑色の珠柄が輝いて――そう！　ミズゴケたちがしているのはそれだ。輝きながら、じらしているのだ。トポロジストは触れてほしいと願った、お願い、少しだけでも触れて……

破れかぶれな気分になって仰向けに寝転んだら、そこは聖ロシュの聖堂と思われる低い石造りの建物の入り口だった。かたわらに小さな茶色の犬がいた。長い耳と訴えかけるような目をした猟犬らしき犬種で、建物の横にすわり、足が届かない身体の一部を懸命に掻こうとしている。「おいで」とトポロジストは言い、手を差しだしたが、もちろん忘れていた。その犬にはフランス語しか通じないのだ。

聖ロシュ、アーキビストが言った。それもおれのじゃないか。

聖人を自分のものにはできないわよ、とキーパーが言った。聖人の生誕日とあなたの誕生日が同じというのはありえるけれど、それだけのことよ。

何も奪う気なんかない、とトポロジストは言った。ただ、どこにいたのか説明しているだけ。あたしたちがしているのは、そういうことでしょ。ラビリンスで、あたしたちのひとりに何があったのか探ろうとしているのよね。

トポロジストはジー・ムーンを見た。ジー・ムーンは、険しい顔でアーキビストを見ていた。

いいかげんにしなさいよ、とジー・ムーンがアーキビストに言ったので、みんなは一瞬びくっとして息をのんだ。

あれはどこだったんだろう？　とトポロジストが言った。エッグ湖というのがあるとしても、その近くでなかったことはたしかね。

道なき道を往きて、経路を切り拓き、とアイスマンが言った。

下生えにビニール袋が引っかかっていたわ。何かの欠片《かけら》がそこで震えてた。覚えているのはわたしだけかな、とボタニストが言った。


トポロジストは偶然に、とても古い聖堂の入り口に行き着いていた。祀られている聖人は、フランス語で聖ロシュ、ドイツ語でロフス、イタリア語でロッコ、英語でロックと言う。トレイル・ガイドには聖ロシュのたくさんの聖堂が一覧で載っていたが、この聖堂はリストになかった。ほかの聖堂と同じく、ロマネスク様式で、窓は壁にあいた隙間みたいに細く、天井は低く、光は祭壇近くのふたつの小さな架台で燃えている長さがばらばらの奉納された蠟燭の火だけだった。誰が灯したのだろうか。危険を冒してトレイルからかなり離れたつもりだったが、犬がいることからして、思っていたほど人里から離れていないのかもしれない。

聖人は聖堂のなかにいた。ハンサムな若者で、アヤメをかたどった金色のフルール・ド・リスの紋章がプリントされた茶色のチュニックを着て、左膝の上でその裾を誘うように持ちあげていた。

誘うようにだって、とアーキビストが言った。冗談きついよ。聖人が誘ったりするものか。その聖人は太ももにあるペストの潰瘍の痕を見せるために裾を持ちあげているんだ。アーキビストは聖ロシュ教区学校でシスターからこのことを教わった。聖人は裕福な家に生まれたが、二十歳で両親を失ったとき、世俗的な財産を手放して、巡礼の旅に出発した。イタリアのどこかでペストの流行に出くわし、しばらく病人らの世話をして、祈りと手による癒しの力で、手で触れた多くの人びとに奇跡的な治癒をもたらした。けれどもまもなく、自分自身もこの疫病にかかり、自分が助けたまさにその人たちによって町から追放された。しかたなく森へ行き、木の枝と葉で作った小屋で暮らした。小さな犬がパンを持ってきたり、傷を舐めて治したりしてくれたおかげで、命をとりとめた。

それって像のことだよね？　ボタニストがトポロジストの隣に来てすわった。とても近くに。トポロジストが望んでいるより近くに。聖堂で一緒にいたのは聖人本人じゃないよね、とボタニストは言った。それは質問ではなかった。

でも、ずいぶんまえのことなのよ、とトポロジストは言いながら、ボタニストにじろじろ見られ、なんのせいでこれほど変わってしまったのか、そのヒントがないかと調べられている気がした。子どものころは、褐色の細い髪のわりに眉が濃く、キャッツアイ型の淡青色の眼鏡を掛けた、鼻の下が長い、いかめしい顔の痩せた少女だったのに、いまでは、宇宙全体を含有するトーラスへと拡張しうる浮き輪型の皮膚の塊だ。まもなく何もかもなくなってしまうだろう。この浮き輪の壁がだんだん薄くなり、皮膚は粉になってはらりはらりと落ちる。まるで降りやまない雪みたいに。無数の星の世界みたいに。

どうかな、とトポロジストは答えた。もしかしたら、ただの像だったのかもしれない。

でも、像だったのなら、なぜ彼に触れたとき温かかったのか。それにあの小さな犬はどうなのだろう。


ボタニストがトポロジストの腕を軽く叩いた。その仕草で、学生だったころを思い出した。教室にすわって、季節の歌や、陽気に唄う青い鳥の歌を唄った――舞い散る落ち葉、なんと穏やかなトネリコの木立、屋根を滑る橇《そり》。そして、肘のくぼみから手首へと優しくなでる手。発案者の少女はそれを〝こそばし〟と呼び、それをするのがとくに上手だった。少女は詩人《ポエット》で、わたしたちの母親からPと呼ばれていた。ペストのP。パーフェクトのP。ポイズンのP。みんながPの隣にすわりたがった。

とにかく、ここにいられてとてもラッキーだってことくらいは、わたしにもわかる、とボタニストが言った。わたしたち、幸運の星を数えるべきなんだよ。

そうね、とジー・ムーンが応じた。そうすべきよ。

数えるなら注意深く数えなきゃ、とトポロジストが言った。数え間違いってよくあるから。

幸運の星とはね！　アストロノマーが笑っている。

何がそんなにおかしいの、ちっともおもしろくないよ、とボタニストが言った。

でもみんな、ボタニストにはユーモアのセンスがないとわかっていた。

わたしたちが到着するまえ、ここは移民用施設だった。誰も住んでいないようにみえたが、部屋にはいると、最近引き払われたばかりのような感じがした。モーニング・ルームと呼んでいた部屋にはいるときに、いつも感じた、空気がかき乱されるようなあの感覚だ。その部屋の名前は、毎朝正面の背の高い窓から陽光が差しこむものの、正午まえにはその光が消えてしまうことに由来する。光が去ったあとの部屋は暗くてうすら寒く、いっそう空虚さが増した。小さな丸テーブルの上に広げられたままの父の新聞。ツルが折り畳まれた父の読書用眼鏡。さきほど翼を広げて飛びたったデーモンが皮の翼を休ませているよう。

誰も、トレイル・ガイドのことを覚えていなかった。ジオグラファーは後退していく氷河の縁を地図に記していたし、アストロノマーは、うしかい座の星々をさまよっていた。トポロジストは、どこかの時点でガイドブックを持っていたことは覚えていたが、オーブラックのどこかのカフェ・テーブルに忘れてきてしまったと思った。道の向かいにハンサムなブロンドの男がいて、そちらに気を取られ、心ここにあらずだったのだ。男は立ち止まって、ハイキング・シューズから小石を出していた。

あのスウェーデン人だね！　ボタニストが言った。あなたを待ってたんだ。あのスウェーデン人じゃないなんて言わないでよ。

アーキビストは、ため息をつきながら言った。愛と結婚。きみたち女が考えるのは、そのことばかりだな。

どうやってここまで来たのか説明を求められたとき、アーキビストが思い出せたのは、長いあいだ果たさずにいた約束を守らねば、という圧倒的な義務感だけだった。

まるで夢のなかみたいだ、とコックは言った。列車が駅を出ていく。蒸気が立ちこめていて何も見えない。バッグはどこだろう。恋人はどこだ。

トレイル・ガイドを見ていたら、コントロールの錯覚を起こすのよ、とジオグラファーはしぶしぶ認めた。地図を見ているとそうなる。コントロールされた物質としての空間感覚は圧倒的なものだけど、いま立ってる道がどこに通じているかはわからないの。

そうね、わからないわ、とキーパーが同意した。一分まえは、幻覚だと思っていたのに、次の瞬間、実際にここにいるんだから。キーパーが首を反らすと、つやつやした堂々たる肉体がぷるぷると震えた。

世界の果てに着いたとき、どうやってそこまで来たかということは、どうでもよくなる。雪のなかに残してきた足跡から離れた心は、世界の果てのほうに引き寄せられ、断崖の下で光を放っている入り江のことしか見えなくなる。それは水のような何かが満ちた本物の淵か——少なくともこれについては、わたしたちの意見が一致した——それとも、ただ関心が集まっているだけなのか。関心が集まり焦点が絞られた一点は、宝石みたいに硬質で表面がきらきらと輝くけれど、それ以外の部分はぼやける。

いっぽう空は、頭上のはるか高くにあり、ほとんど見えないほどだった。もともとすべてが白かったみたいに白く、ただ天井の内張りのように奇妙に封じこまれていた。最初からそこにあった一軒の家の天井が自ら高く持ちあがり、途方もなく巨大な建築計画の一部になったみたいに。自分はなんてちっぽけなんだ、とわたしたちはそれぞれ考えた。歩きながら空気をかき乱していたが、それは、しゃべろうとすると身体のなかの何かが開くときの感触に似ていた。そういうとき、どこからともなく乳母《ナニー》が現れる。洗いたてでふかふかのタオルの束を両腕に抱えて。お風呂にはいるときは、小さい子から大きい子へ年齢順だった。泣いて喧嘩したこともあるが、のちには、キッチンの流しの裏にある小さな庭で、煙草を一、二本回しあったりしたものだ。

移民用施設が建てられた土地は、有名な探検家だったわたしたちの先祖が所有していた。荒涼とした土地は傾斜していて、海沿いの高い崖の上にあり、崖の下にはフロート水上機が着水した入り江があった。探検家の日誌は、書斎に置かれた前面がガラスの本棚の、鍵の掛かった扉の奥に、エビ茶色の斑点がある大きな卵や隕石などの家宝と一緒に保管されていた。わたしの先祖のものよ、と母はわたしたちに言った。全部そう。父さんの先祖に探検家はひとりもいない。父方の人はたいてい、子羊みたいにおとなしい。

もちろん、その土地が先祖のものだったというのは嘘だ。探検家は土地代をまったく払わなかったし、払う気があったとしても、その土地のもともとの住人らはその土地を自分たちの所有物とは考えていなかった。我が家は裕福だったが、その金は先祖の資産で、わたしたちの先祖たちは私財と共に、最初は陸を横断し、次に海を渡って、たどりついた土地でそれを増やし、成長が止まらないよう深く根を張るまで育てた。計画的であれ、旱魃《かんばつ》や戦争、疫病や迫害などの思いがけない事情であれ、人類はつねに、ある場所から別の場所へと移動してきた。人びとが旅したシルクロードは、スパイスや宝石、鏡や蜂蜜など貴重な物資が運ばれる道であっただけでなく、珍しいものや見知らぬものすべてを伝える経《み》路《ち》でもあった。さまざまな異国の神々や概念、無に囲まれた無限の宇宙、汚物に覆われた蚕の卵まで。わたしたちは、何かを望めばなんでも、所有するにしろ、利用するにしろ、自分たちの自由にできるという安直な確信があった。この確信はわたしたちの生得権だった。けれども、ジー・ムーンに気づかされたとおり、わたしたちは剝奪や冒険について何も知らなかった。みんなの共通認識は、ナニーにさんざん甘やかされたということだった。

日誌によるとわたしたちの先祖は、結婚したばかりの花嫁と共にカヌーで内陸の高原を横断し、たどりついたこの土地を、一目で気に入ったらしい。数週間、雲のような虫の群れに囲まれたまま急流を進んだあげく、やっと目の前に広がった人知れぬ空虚な光景は、死んだと思っていた人から届いた便りのようだったという。先祖の探検家はパドルを両膝に置いた。震えながら、世俗的な自分自身をひりひりと感じた。海はどこまでも広がり、宇宙と同じくらい黒く輝いていた。

その当時、この若いカップルと永遠とのあいだに割りこんでくるものは何もなかった。温室も犬小屋もラビリンスもなく、育てたものはみな、北極地方の植物がそうであるとおり、とちゅうで生長が止まり、木々はどれも人の小指くらいにしか育たなかった。先祖となる夫婦は、最終的にグレート・ホールになる場所にテントを広げたが、風が吹きすさぶむきだしの岩の上だったので、ペグを固定するのに倒木を重しにしなければならなかった。夜は無限に広がり、コンパスの針は揺れて一点に定まらなかった。夜明け近くのある瞬間に、妻が身ごもった。母はわたしたちに、そのあとは歴史だと語った。母の意図は、いつもどおりまぎらわしかった。

わたしたちがここにたどりついたころには、移民用施設はすっかりできあがっていて、その中心にはグレート・ホールがあり、その下にラビリンスがあったが、それらはどれも、浜辺からは見えなかった。初雪がすでに降ったあとで、岩の表面は、ベールをかぶった修道女の顔みたいに輝いていた。ブヨやカはずっとまえにいなくなっており、海はとても透明で、海底のガス田までずっと見通せた。

測量しなくちゃ、とジオグラファーが言った。ちょっと時間をもらっていい？　ジオグラファーはバックパックからツララのようにみえるものを出し、前に突きだして浜辺へ下りていった。浜辺ではアイスマンが、大きなケルンにもたれてサンドイッチを食べていた。ケルンはひとつだけしかないので、トレイルの目印ではなく、ある種のモニュメント、おそらく慰霊碑か、実際に亡くなった人がその下で眠っている墓石のようだった。なにはともあれ、そのケルンを見つけてわたしたちはほっとした。それがあるということは、とにかくどこかにたどりついたということだから。

おい、それはマズイんじゃないか？　アーキビストが問いかけると、アイスマンは笑いながら、ビール瓶の栓を抜いた。

気楽にいこうぜ、とアイスマンは言って、サンドイッチを差しだした。食べなよ。

キーパーは両腕で自分を抱きしめるようにして、袖のなかに手を入れ、その手を上に引きあげた。そして、あなたの言うとおりよ、とアーキビストに言った。罰当たりなことをしちゃいけないわ。キーパーは振りかえって断崖の縁をちらりと見た。白い空に、厚くて動きの速い雲が広がっている。

見られているという感覚は強烈で、わたしたちはみなそれに気づいていたが、気づかない振りをしていた。そのように見つめられていることで、わたしたちのあいだに幻想の連帯感が生まれた。なんであれ、こちらを見つめているものは、空気中に何かが見えるみたいにわたしたちのすべての呼吸を感じることができるし、わたしたちが目を動かすたびによぎる考えや、目の濡れ具合や、割れた唇の渇き具合までも記録しているという気がした。

小児科医院の待合室に置かれている、気がめいりそうな雑誌みたいなもの。すべきでないことをしている人を見張っている見張り鳥《ウォッチバード》。そう、あなたを見張っているのはウォッチバードだ。

真上から照りつける陽光が、わたしたちが立っている浜辺に垂直に差し、わたしたちと、その中心にある石の山を照らしていた。それらの石を集めた誰かは、細心の注意を払って、浜辺の玉石、珪岩《けいがん》やチャートだけを選んでいた。それらの石がどれほどまえに積まれたのかは知りようがなかった。

あとに残されたものは、誰も持っていこうとしなかったせいか、置きざりにした人が必ず取りに戻るつもりだったせいか、そこにまだ残されていた。捕鯨船の船員は彫刻を施したクジラの髭と床用のタイルを残し、漁師は魚の骨格とハイブスと呼ばれる小さなネギを残していた。モラビア人の伝道師は、まったく去るつもりがなかった。彼らが来る何千年もまえに、初期の哺乳類の狩人たちは別の神の怒りを鎮めようと、若い娘の身体を樹皮で包み、赭土《あかつち》をその娘に塗りつけて置き去りにした。

ジオグラファーが〝ウォッチバードの地〟とタブレットに記して、その土地に名前をつけると、さきほどのツララみたいな測定器が、鼠《ねずみ》を見つけた猫のように音を立てはじめた。

わたしたちはみな同じだった。ちゃんとした地図も持たずに急いで旅立った。財布やチケットを忘れ、さよならのキスもしそびれた。水道の蛇口を閉め忘れ、灯りもつけっぱなしで、少なくとも鍵穴に鍵を差しこんで回した時点ではついていた。鍵を閉めたところでなんになるのか。水がどの部屋にも充満したら、漏れださないようにする方法はないし、天井まで水位があがって電気がショートしないようにする方法もない。そしたら、蚤の死骸は言うまでもなく、あふれた水に浮かんだものが、漆黒のビーズ細工みたいに光るだろう。蚤も泳ぎかたを知っているのだろうか。

水は蚤の敵よ、とキーパーは言った。

わたしたちのうち何人かは、蚤はハルマゲドンが起こっても生き延びる生物だと思いこんでいたけれど、それはゴキブリだった。

ジオグラファーが、わたしはそこにいなかったような気さえするの、と言った。わたしたちはみな、ジオグラファーの言いたいことがわかっていた。嚙み痕は別にして、わたしたちは存在していないような感じだった。ジオグラファーは人生で初めて、自分がどこにいるのかわからなくなったが、そうなるのはこれが最後というわけではなさそうだ。

遠くの鐘の音がジオグラファーの耳に届いた。古い鐘のひびわれた音が一回、二回、三回聞こえた。川は曲がりくねり、道もそれに沿って曲がりくねった。ほかに通る車も人もなく、タイヤの跡が一瞬見えたが、すぐにあたりが真っ白になった。何も見えない。本当に何も。

アンジェラスの鐘だな、とアーキビストが言った。聞こえたのはそれさ。鐘の音が三回だろ。アヴェ、マリア。恵みに満ちたかた。

もしかすると、ただの三時の合図かもよ、とコックが言った。

けれども鐘は――鐘は当然予測されてしかるべきものだった。誰かがそれを指摘するまでもなく。

ジオグラファーとその夫が車で橋を渡っていたちょうどそのとき、一対の目が見えた――茂みのなかに浮かぶ一対の黄色の目。「あれ何？」ジオグラファーは尋ねた。視界が悪いうえに、夫は視力があまり良くなかった。ジオグラファーより年上で、スピードを出しすぎていた。地球は地軸を中心に回転し、朝が近づいていた。ジオグラファーは片手で虫に刺されたところを掻き、もういっぽうの手で、雑音以外の音が出ないかとラジオをいじっていた。鐘は鳴りつづいている。ふいに、ヘッドライトに顔らしきものが浮かびあがった。あるものと別のものの恐ろしい組み合わせ。人間のようなヘアスタイルの犬か、鼻の部分がやけに突きでた人間か。

「危ない！」ジオグラファーは叫んだ。夫がブレーキを強く踏みこむ。

一対の目――その数時間に見たもののなかで何よりもまばゆく光っていた。一対の目。パラダイス。あたりは、この世でいちばん深い井戸くらい暗かった。

それよりもまだ暗かったよ、とアイスマンは言った。すべての入り口をふさぎ、すべての道に立ちはだかる闇みたいに。

ジオグラファーと夫はポータル・ロードにいるはずだった。パラダイスの園へ行くにはこの道を通らねばならない。進みつづけねばなりません――外套を着こんで――、全校集会で校長先生がよく語っていた物語のようだ。太陽は燃えるように照りつけているのに、道を進むごとに凍えるほど寒くなった。飛び去った鳥の片翼は暑い夏にあり、もう片翼は寒い冬にあった。

どれくらいのスピードで車を走らせていたのだろうか。わたしたちにはわからないが、衝撃の跡からすると、恐ろしく速かったにちがいない。車はポータル・ロードを北に向かっていた。ジオグラファーの夫は、病院へと続く急坂のドライブウェイの入り口にもうすぐ到着するところでブレーキを踏んだ。この地点で道は右へカーブしていたが、車はまっすぐ前に進みつづけ、とうとう、ドライブウェイの入り口を示していた柱に激突した。柱が倒れ、病院がかつて修道院だったときに飾られていた天使の像が柱から転がり落ちた。

雪は降りつづき、そこらじゅうに舞い踊ったが、嵐のエネルギーの衰えを示すように一片のサイズはどんどん大きくなった。外の世界は静かで、丘の上の病院では誰かが、死の間際にいる人の口元をガーゼで拭っていた。衝突の音を聞いた人はいなかった――あまりに遠く離れていたし、もしそれほど離れていなかったとしても、雪が防音材の役割を果たしただろう。

綿の清拭《せいしき》タオルだよ、とボタニストは言った。死の床にいる人に使うのは清拭タオルって言うの。桶にミントを少し混ぜたお湯を入れて、そこにタオルを浸す。それに、死んだ人の目は映画みたいにすっと閉じたりしないから。

ぶつけたもののほうはどうなったの？　とキーパーが尋ねた。何かを轢いたかどうかしたわけ？

わたしたちはみな、あるものが通常の限界点を越えたとき、その状態の変化を死と表現することを知っている。

ジオグラファーと夫は暗くなってから町を発った。それが旅の始まりで、ジオグラファーは、アパートメントのドアの鍵を閉め、娘が来たときのためにその鍵を郵便受けに入れた。ふたりともここには戻ってこないだろうと思っていたが、男子学生のパーティで酔っ払った若者が、さあみんな、おれの車に乗れと仲間を誘ってピザを買いに町まで車を走らせるときみたいに、個人的な悪夢に相手を巻きこむことになるだろうと感づいてはいた。ふたりとも娘の居場所を知らなかった。娘からは葉書が一枚きたきりで連絡がなく、その消印は滲んでいて判読できなかった。

それこそ意外なことだった。わたしたちは子どもを連れてきていなかったが、ほぼ全員、子どもがいるか、子どもを持とうとしているか、かつて子どもがいた。何人かの子どもたちは、もはや生きておらず、割れ目に逃げこんでしまった。AからZの連続体である線上の無限の点のあいだにある無限の隙間に。線上の点はみな死にかけの村で、わたしたちが交易のために立ち寄ったシルクロード沿いの村だ。

子どものことは、わたしたちのあいだであまり話題に上らなかった。それでもだんだん表面に浮かびあがってくるのだ。悪癖みたいに。

遺伝学的形質みたいに、とボタニストは言った。蒙古斑とか。

あるいは太陽系みたいに、とアストロノマーは言った。

推理小説の真犯人みたいに、とアーキビストは言った。


快い穏やかな夕暮れで、歩道は最近の嵐で濡れ、朽ちていく葉と、雨で湿ったコンクリートの匂いが大気に漂っていた。ジオグラファーは食材のはいった袋を手にアパートメントに戻ってきたところだった。電気は止まっているとわかっていたが、とにかく肘で壁のスイッチを押した。そのとき、蚤に気づいた。

あの発表を聞いていなかったとしても、それが何かわかっただろう。夫とふたりで昔、犬を一匹飼っていた。あの犬がいなくなったのは、娘と連絡がつかなくなったころとだいたい同じ時期だった。散歩に出かけたときに首輪がすっぽ抜けたのだ。犬は角を曲がって、商売人や商売女たちが仕事に励んでいる裏通りの奥に消えてしまった。

アパートメントは灯りがつかず静かで、窓が黒々としている。厚いカーテンは引かれたままだ。厚いカーテンは嫌いだ。窓が服を着ているみたいにみえるから。食材を置き、蠟燭と紙マッチがないかとバチェラー・チェストのなかを手探りした。

チェストは玄関ドアをはいってすぐのところにあったが、それはわたしたちの母が、フェアマウント・アヴェニューの家で、チェストを置くために選んだ場所と同じだった。チェストは家じゅうのほかの家具と同じ黒っぽい木で作られていた。

蠟燭？　とトポロジストは言った。蠟燭の燃えさしってこと？　まだ使ってない蠟燭がチェストにはいっていたためしはなかったけど。チェストのなかはめちゃくちゃだったし。でも、誰かが引き出しの取手は磨いてたわ。我が家に掃除婦はいたっけ？

いなかったよ、とコックが言った。それは〝大叔母の誰か〟だよ。乳房が大きくて妖精みたいなきれいな声の人。

小さな銀の靴もはいってたわね、とキーパーが言った。小さな銀の帽子も。何枚か足りないトランプも。片っぽだけの手袋やミトンも。犬のタグも。小銭も。ちなみに、使っていない蠟燭は不吉よ。

実のところ、子どものときは、未来がひとつの夢みたいなものだった。

どこからか——家の中か外か、下の通りか、あるいは天国からか、風の音が聞こえた。馬が草を求めて、雪を前脚で掻くときみたいなカサカサいう音だ。ジオグラファーの夫が鍵を回してドアをあけ、よどんだ影と、したたる滴を家に持ちこんだ。

外骨格を持つ生き物はどれもそうだが、蚤は殺しにくい。ジャンプにもってこいの恐ろしく長い脚もある。過ぎた年月をまったく感じさせない。蚕は貿易商らの衣服やシルク自体に紛れこんだり、スパイスや宝石や香水、奴隷の身体に隠れて、シルクロードに沿って運ばれた。そのころはそれほど多くの人は行き来していなかったが、多くの点で状況にさほど違いはない。たとえば、ジオグラファーの夫の周りでは、影の淀みが波を打っていた。夫はしばらくまえから蚕をつけて家にはいってきていたのだ。ジオグラファーはそうと知った。奴隷の身体は彼らが持っている唯一の通貨だ。

天気も悪くなっていった。誰もが北に向かっていった。病気がまだそこまで広がっていないからだ。誰もがその病気はある種の身体の状態だと知っていた――みな知識はあった――けれども、ある程度の知識は、過剰な情報と噂にさらされて損なわれ、なにもかもが予測しづらかった。一部の人びとは、死は土星や木星を介してやってくるのではなく、火星を介してやってくるのだと主張した。そのほかの人びとは、惑星の影響は避けられないが、避けられることはほかにあると言った。質的変化《トランスミューテーション》は、適合する特性を持つ身体と身体のあいだでもっとも起こりやすかった。その病気がどこから来たのか、どこへ向かっているのか、誰にもわからなかった。どの病院に薬や空いているベッドがあり、医師や看護師がいるのかも、誰にもわからなかった。その土地では窃盗が横行していた。野生の獣がうろついていた。

ジオグラファーの夫が衝突を避けようとしたものがなんであれ、とにかく夫はそれを轢いてしまった。血は車のなかだけでなく、外の雪の上にも落ち、大きな赤い血痕が川のほうへ続いていた。ジオグラファーは血の跡をたどって道路を横断し、急勾配の土手を下りた。跡と呼べるものもあるにはあったが、雪と風と、折れた脚を引きずった跡のせいで、その脚の前にあったすべての痕跡がかき乱され、足跡は読めなかった。けれどもその痕跡は鹿やリス、そしてときには大きな猫など、道路を横断しているときによく轢かれる動物たちから想像するよりずっと大きかった。

クロヤナギが川沿いに生えていて、長い枝が何本ももつれながら氷に浸かっている。ジオグラファーは枝を一本引き抜いて、できた隙間から凍った川面を見つめた。白い広がりに、落書きみたいな何かもやっと淡い色のものがうずくまっているのがかすかに見えたが、向こう岸の木のほうへ消えてしまった。羽毛で覆われた大きな尾があったように思えた。遠く離れていてさえ、歯の悪い年取った連れ合いの息みたいに、不快だが心に染む匂いがした。

ジオグラファーはコートの前をしっかりと身体に巻きつけて車に戻った。「きっと大丈夫」と夫に言ったが、本当に大丈夫かはわからなかった。夫の手を握ると、それぞれの指先の奥に埋もれた心臓の拍動が感じられた。何か予測しがたいものにつながっていて、そちらへと引っぱられていくリードをしっかりつかんでいるような気分だった。犬が逃げていったときみたい。もちろん、犬を抑えておくことはできなかった。あの犬はすごく大きかったし、はかりしれない欲望に支配されていた。

ほかの記憶に比べて、たやすく思い出せることもある。みんなそうだった。たとえば、モーニング・ルームにはいつも切り花が生けられていたことを、わたしたちは覚えていた。母はアレルギーだったにもかかわらず、花を飾るようにしていた。ひどいアレルギーで、涙や鼻水が出ていたし、絶えずくしゃみもしていた。新婚旅行で出かけたフランスで父が買った花瓶に、母は花々を差した。母は結婚したとき処女だった——当時の女はそうだったのだ。それに喘息持ちでもあった。わたしたちは、背が高くみえるよう台に乗ってカウンターの向こうに立っている背の低い男から、母の薬を買わねばならなかった。覚えてる？　ジー・ムーンは人差し指の先でジオグラファーの前腕の内側を上になぞった。ぞくぞくするような感覚が、現在の自分から当時の子どもの自分へと伝わり、また戻ってきた。

わたしたちのうち何人かは、なぜジー・ムーンが〝こそばし〟のことを知っているのか不思議に思ったが、ジー・ムーンは多くのことを知っているようだった。たとえば、小学校の講堂で起こったこととか。校長先生は前に立って、背中で組んだ手を握りしめ、生徒たちが完璧に静かになるまで待ち、そのあと憂鬱なおとぎ話を語った。パラダイスの園。むかしむかし、ひとりの王子がいた。自分はハンサムなのか。賢いのか。王子はくよくよ悩んだ。家のそこらじゅうにいつも生花が飾られてたよね、とボタニストは言った。でも、いちばんエキゾチックな花は、けっきょくモーニング・ルームに飾られた。ミモザ。少女時代みたいな香りの花。

へえ、それってどんな匂いなんだい？　コックはいつものように、低俗な妄想を抱いた。女好きだったが、純粋に惚れっぽいタイプで、色男を自認するアーキビストとは違って、もてなかった。

わたしたちにはそれぞれラブストーリーがあった。アーキビストにさえあったが、それは、有名な詩人へと成長する少女と子どものころに恋に落ちるという不幸な物語だった。大半の人間と同じように、彼女の心はひとつしかなくて、その心にはたったひとりの人間、つまり彼女自身しか収まる余地がなかった。その年頃の魂は傲慢と怠慢とでできており、体液の大半は冷たくてねっとりした乳糜《にゅうび》だ。

意外なことに、移民用施設に着いてまもなく、わたしたちのうちのひとりに、黄身がふたつはいっている卵みたいに、ふたつの心があることがわかった。おそらく、それが誰か当てられるかはある種のテストだ。まだ踏み跡のない雪くらい純真だったら、答えられるだろう。ひとつの影、影が頭にはいりこむあいだ、目はせわしく動き、どこかほかを見ていた。心がふたつあるということは、気をつけろ！　ということだ。

要するに、ラビリンスで何かが起こったのだ。わたしたちの多くは生きていたが、わたしたちのひとりは逝ってしまった。ほかに何も思い出せないとしても、それはしっかり覚えている。

わたしを見ないで、とボタニストは言った。どうしてみんな、わたしを見るの？　なぜ、そんなふうにわたしを見るの？

ラビリンスで、目を覚まして！　と叫んだのはボタニストだった。ボタニストがわたしたちのなかで医師にいちばん近い存在だったとはいえ、調べてもらうために遺体を彼女のほうへ向けるのは、妙な気分だった。どうやって公平な態度を保っていられるんだろう？アーキビストが尋ねた——最初に殺人のことを口にしたのは彼だ。

それでも、わたしたちはみな、何かを忘れているとわかっていた。花や校長先生のようにわかりやすい何か。だめと言われたけれど欲しいと願った何か。きらきら光る小さな星みたいに遠くで輝くパラダイスの園のごとく、わたしたちが奪いとられた何か。一度、ミモザの花が開いたとき、花に留まっていたミツバチがモーニング・ルームのなかをしばらく飛びまわっていたのに、うっかり忘れてしまったことがあった。覚えてる？　キーパーは言った。ミツバチはソファの縁に止まり、母が昼寝をしたとき、その足を刺した。キーパーは重曹と水でペーストを作り、ミツバチの針を引き抜いた。こういうときにどうすればいいのか、キーパーは心得ていた。

母は裸足になるのが好きだったから、とジオグラファーが記憶をたどった。ジオグラファーは感傷的になることがあった。わたしたちはそのような感傷を忘れがちなのだが、そのとき、アイスマンが母の外反母趾のことをみんなに思い出させた。

コックが来てわたしたちを見つけたとき、わたしたちはまだ遺体の周りに立って、どうすべきか決めあぐねていた。夕食が冷めちゃうよ、とコックは言った。怒っているみたいだった——ブランケットの下に横たわる遺体に気づいたあとでさえ、まだいらいらしているのが見てとれた。なぜ殺人だと思うんだい？　とコックが尋ねた。人はみな死ぬんだ。

コックがブランケットを引きはがした。

針が残っている、とキーパーが言った。腫れてるわ。

いったいなんの話だよ？　コックが尋ねた。

そこよ、とキーパーは言って、足を指さした。

アーキビストが、手を触れないようにと警告した。ボタニストが調査の結論を出すまでは、なんでも起こりうると考えていたほうがいい。

わたしたちはアーキビストに探偵役をさせたが、探偵業はそれほど得意ではなかった。思い出してみよう、とアーキビストは言った。心《プシケ》は針のことでいっぱいだったが、声は美しいバリトンだ。

アーキビストに促されたとき、一反の絹布がするすると広げられるように、過去の記憶がふいに耳と喉を通じて滑り抜けていくのを感じた。ドアを出ていく母。母の香水の香り。煙草を吸いながらリムジンのボンネットにもたれている男。

たぶん毒ね、とキーパーは言った。

たぶんほかの人がやったんだ、とアイスマンが言った。おれたち以外の人が。

問題は、わたしたちが平等に愛されていなかったということだ。母がナニーとわたしたちに留守番をさせて夜出かけるときはいつも、わたしたちひとりひとりにおやすみのキスをしてくれたが、そのキスはみな同じではなかった。母は同じ振りをしていたが、わたしたちには違いがわかっていた。要は、成長してから情報を交換しあったのだ。何人かは、頭のごく固い部分に唇がごく軽く触れるキスをされた。何人かは、軽く抱かれ、頬のそばで音を立てるだけのキスをされた。何人かは名前をささやかれた。何人かはお尻をポンと叩かれた。最高のキスをされた人はそれについて話すことを拒んだ。わたしたちはわかっていた。それぞれが母から生まれたとき、何になっても不思議はないとわかっていたように。芋虫やドングリになっていたかもしれないし、布人形や打ち延ばされたスズになっていたかもしれない。あるいはお札みたいなものか、コインなどの銀になっていたかもしれない。紙魚《シミ》だったかもしれない。床に落ち、タイルの隙間に滑りこみ、二度と姿を現さなかったかもしれない。

キーパーは足首のすぐ下にある斑点を指さしていた。そこに針を刺された可能性がある。女の人が服の裾を纏《まつ》るのに使うような普通の裁縫針で。穴が小さすぎて糸がなかなか通らないあれよ。

わたしたちはみな、ボタニストでさえも老眼で、どんどん悪くなる視力によって、時が前に進んでいることを実感していた。

針は媒体よ、とキーパーは言った。裁縫箱を持っていたので、針には詳しかった。ボタンの付け替えや、ほころびの直しがあるときはいつも、彼女に頼んだ。

あの温室には有毒植物ばかり植わってる、とコックが言った。

あれは食用植物よ、とボタニストが言った。

食べて死にたいなら食べ物だな、とコックが返した。

おそらくアーキビストは、本当は優れた探偵なのだ。ほかのみんなが頭に浮かんだことを口ぐちに言いあっているときも、考えを胸にしまったままだった。

留めている紐は切らなければならない。それだけははっきりしていた。わたしたちの身体は、どれだけ大事にしていても徐々に奪われていき、わたしたちの寿命は、ふいに起こった出来事の記憶よりも短い。


おとぎ話の王子みたいね、とジー・ムーンが穏やかに言った。ある日、王子は森に散歩に出かけた。王子は独りだったが、それが何より嬉しかった。ジー・ムーンは独特の焦点の定まらない視線で宙を見つめていたが、みんな、何を見つめているのかわかっていた。わたしたちにもそれが見えていたからだ。目の前に校長先生がいた。三つ編みにした黒髪を木の実みたいな頭に巻きつけ、背中で両手を組んでいる。父親たちが履くのと同じ靴を履いていたが、母親たちのようにレースの襟がついた黒っぽい色のワンピースを着ている。講堂には窓があるが、とても高い場所にあるので、空とたまに通り過ぎる小鳥が見えるだけだった。

夕暮れが迫り、と校長先生は語った。雲が群れ、雨が降った。まるで空全体が水門となって、そこからあふれでているような勢いだ。雨水はわたしたちのあいだを曲がりくねりながら進み、道なき森へ流れこんだ。

たしかに、わたしたちは独りで進んだ。それぞれがみな独りで。

わたしたちはもともと、フェアマウント・アヴェニューに住んでいた。我が家はひと並びの家のひとつで、それらの家はみな、かつては豪華な家だった。いまでも、脇道に住む人びとが掛けるカーテンには大きすぎる窓や、バーパークだかバーデールだか、バーランドだか、それぞれの家に名前がついていたという事実からして、どれほど立派な家だったかがうかがえるだろう。その家が豪華だったのは父が少年だったときのことで、父は自分が生まれたベッドで、母と一緒に眠っていた。ナニーは父を育てた人物だ。父を育てたころのナニーは若く、まだ少女と言えるほどだった。母によれば、父のだめなところは全部、ナニーのせいらしい。なぜ母が、ナニーを雇いつづけ、わたしたちの心を奪うままにさせていたのかは、誰にもわからない。ナニーはごく普通の人にみえたけれど、どういう人物か理解していれば、あとで役に立っただろう。けれども、当時のわたしたちはわかっていなかった。ある日の黒い風のような過去の行為が、あとになって役に立つこともある。

我が家からそれほど離れていない場所に刑務所があって、わたしたちがその家で暮らしていたころは囚人がいた。その刑務所が、ハロウィーンの時期には幽霊屋敷に変わり、人びとが金を払って死ぬほど怖がりに来て、それ以外の時期は空っぽになるのは、もっとあとのことだ。わたしたちが子どものころは、よく外に出て囚人たちに姿を見られていた。父は櫛形のメロンで笑顔の口を作れるように、わたしたちひとりひとりにメロンを切ってくれて、幸せでないのに自分もそうやって笑顔を作った。彼らは囚人たちを閉じ込めたあとその鍵を投げ捨てたのよ、と母は言った。そして金色のシガレット・ケースに収まっているその鍵を見せた。気の毒なことよ、と母は言った。あの人たちには何か心地よいことが必要なのよ。母はよく、パールのネックレスを着けて、モーニング・ルームの窓際に立ち、煙草を吸っていた。

当時、わたしたちはどこへ向かっているのか、まったくわかっていなかった。わたしたちは子どもで、天使みたいないい子もいれば、悪い子もいたけれど、本当に悪い子はいなかったし、互いの足首を鎖でつながれ、縞模様の服を着て、刑務所の庭で列を作っている男たちのようにたちの悪い悪魔のような子はいなかった。もしかすると、それは映画から得たイメージかもしれない。成長してやっと、わたしたちはジオグラファーやコックやアストロノマーなど名前のあるものになったが、当時は始終、大きくなったら何になりたいかと訊かれた。まるで、子どものわたしたちには価値がないみたいに。わたしたちはけっして、殺人犯《マーダラー》とは言わなかった。

母は夜に出かけ、父は毎朝仕事に出かけた。近所の大半の家が、わたしたちの家みたいに巨大な家で、三階建ての屋敷に、使用人のための裏口と裏階段があったが、わたしたちが雇っていた使用人はナニーだけだった。刑務所は以前からずっとそこにあって、まだ独自の方法で存在していた。大学の建物をデザインしたのと同じ有名な建築家によってデザインされた、銃座や銃眼つきの胸壁のある赤レンガの立派な大建築物だ。囚人たちはいつも厳格に管理されていたが、ある日、モーニング・ルームの窓に石を投げつけられたことを父は覚えていた。当時、父はまだ幼い子どもだった。いったいなんの目的があってこんなことを？　父はナニーがそう言ったことを覚えていた。

本当に、それが疑問だった。つまり問題は、わたしたちはみな、時間の洪水に巻きこまれたが、そこには身体を休められる淀みや緩い流れもなければ、しがみついたり、つかまったりできる水没した木の根などもなかったので、ちょっと止まって自分たちが何になっていくのか、あるいは何になったのか調べることができなかったことだ。

その小旅行に関して言えば、誰の思いつきだったのかはよくわからないが、いつもとは違って——それまでになかったし、その後繰り返されることはなかった——、わたしたちはみんなで一緒に出かけた。タウンカーは大きさが不十分だったし、母さんの所有物だった。母さんは車内に食べ物をこぼされたり、悪くすれば嘔吐されたりするのを嫌がった。わたしたちのうち何人かは乗り物酔いをしがちだったが、母さんの煙草の煙は効き目がなかった。

だめ、もう決めたのよ。電車で行きましょう。電車で終点まで行って、降りたら歩くの。どこへ行くかは、行ってからのお楽しみ。

当然ながら、何年か経ったあとでは、みんなが同じように記憶しているわけではない。その日は天気が良くなかったことや、列車にほとんど誰も乗っていなかったこと、降りた駅が石造りだったこと、ひとりがトイレを見つけられなくて、パンツを濡らしたことはみんなが覚えていた。けれども、それらのたわいない記憶以外は、ほとんど一致しなかった。洗濯物を干していた女が、スピードをあげて通り過ぎていくわたしたちに、がりがりに痩せた両手を激しく振っていたこと——あんなふうに両手を振るからには何か緊急事態があったはずなのに、わたしたちの大半は女のことを覚えていなかった。食堂車でジャムのオムレットを食べたよ。トンネルにはいるとき、列車が汽笛を鳴らして、誰かが誰かにうっかり触れてしまったね。駅を出たあと登った丘は、かなり急勾配だったから、母さんは一緒に頂上まで行かずに、丘のふもとのレストランに残ることにしたよね？　父さんがかんかんになって、拳で化粧室のドアを突き破ったでしょ。化粧室なんてなかったよ。母さんはわたしたちより先に頂上に着いてたわ。頂上から眺めると、湖がとっても大きくて、海みたいだったな。頂上から眺めると、わたしたちの町が見えた。頂上から眺めると霧だらけだったね。雨が激しく降っていたじゃないか。

いつも何かが激しく降っていたが、降るものがいつも同じとはかぎらない。雨のときもあれば霙《みぞれ》や雪や雹のときもあった。

囚人のことを思えばこんなの、と母さんは言った。母さんは動揺していた。それはみな覚えていた。

囚人たちは、少なくとも土砂降りのなかに立ってなどいないだろうね、父さんはそう言いながら、帽子を取って絞った。

丘の頂上に石が積みあげられていた。トレイルの目印として、等間隔に置かれ、頂きを越えて、わたしたちには見えない向こう側へ下る道に続いていた。わたしたちは迷子にならないように、ふたり一組になって手をつないでいた。

方舟《はこぶね》に乗るときみたいにペアになって、とキーパーが言った。

あるいは、わたしたちのお気に入りの絵本、『マドレーヌ』みたいに。正確に言うと、女の子たちのお気に入りの本だったが。男の子たちは〈プリンス・ヴァリアント〉というコミックが大好きだった。ツーレという極北の地からきた北欧の王子で、空間と時間を同じくらいたやすく旅することができるのだ。

その日、アストロノマーは誰ともペアになっていなかった。それは、誰かがいつも母さんと歩かねばならなかったからだ。ふたりずつ方舟に乗ったけど、哀れな独りぼっちのモノセロスは別だった、とアストロノマーは言った。それは、ギリシャ語でユニコーンを意味する天の赤道にある星座で、肉眼でかろうじて見えるのは、じっと動かない三角形のようにみえる三つの大きな星だけだ。その星座を発見した人に言わせれば、天空でいちばん美しい星座らしい。でも、あらゆる星座と同じく、その星座も、名前の由来になったユニコーンとは似ても似つかない。

でも、わたしはあなたと一緒にいたわ、とジー・ムーンがアストロノマーに言った。いつも一緒にいたわよ。

トポロジストは空中に指で、ある形を描いた。そして、座標が示すのは抽象概念よ、と言った。宇宙船に乗って、ものすごく長いあいだ同じ方向に進んでいるとする。そのうち壁に衝突するかもしれない。果てしなく進みつづけられるかもしれない。もしかすると、出発した場所に戻ってきているのに、それがわからないのかもしれない。

まさにそのとおり、とジー・ムーンが言った。

その小旅行の日、ボタニストはまだ赤ちゃんで、世話をしてもらわねばならなかった。レストランに到着するまで、それで少々手こずった。母乳哺育が流行したのはかなり最近のことだ。わたしたちの大半は粉ミルクで育ったけれど、ナニーがすぐさま指摘したとおり、誰も問題はなかった。当時のレストランには、たいてい手洗いのすぐ隣に母と赤ん坊のための特別な育児室があった。男の子たちはいきがって乱暴にふるまっていたが、そこは高級なレストランで、ダマスク織のテーブルクロスに本物の銀の食器が並べられ、黒いベストとズボンを身に着けたウェイターたちが、腰の低い位置にエプロンを着け、冷笑を浮かべていた。なぜ母がそんな場所にわたしたちを連れていくことにしたのかは謎だった。

でも、あれは母さんの誕生日だったのよ！

エスカルゴを食べたね。エスカルゴっていうのはカタツムリのことだ。何を食べているのかわかっていれば良かったのに。

もしわかってたら、嬉しすぎて死んでたかもな。

父さんはいらいらしていたのに、母さんはハミングしてた。ブラウスのボタンを掛け違えてた。

そのときよ、父さんが化粧室のドアを拳で突き破ったのは、とジオグラファーが言った。そのまえじゃなくて。

父さんがまさかそんなことをするだろうか。アーキビストは父さんの味方だった。ふたりともおとめ座で、けれども簡単にはうまくやっていけない繊細さがあり、その繊細な性質は広がって、底知れぬ深海の上空に浮かんでいる。

溶かしバターに浸して食べたよ、とコックが言った。カタツムリはバターに浸すとうまいんだ。

バターに浸したものはなんだっておいしいよ、とボタニストが言った。

小さいとき、裏庭のナメクジを表の庭に持ってきて、塩味のクラッカーをあげてたね、覚えてる？　あれは効果てきめんだった、とジオグラファーは言った。親切がとんだ仇になったのよね。

けれども、どうやってあそこに行ったのだろう。つまり母が、だけど。デザイナーズのハイヒールであの丘を登ったのか？　外反母趾の原因になったあの靴で？　母はトレイルの目印を見て、それとわかっていたかしら。いや、それはありえないでしょ。逆に言うと、わたしたちはどうやってあそこへ行き、母のもとに戻ったのだろう。けっきょくのところ、その小旅行で肝心だったのは母の誕生日を祝うことだった。その丘のことは、みんなが覚えているわけではなかったが、覚えている者の記憶は鮮やかだ。雨のせいで道が滑りやすくなっててさ。トポロジストが足を踏み外して転んだとき、右手をついたから落ちなかったものの、手のひらを擦りむいて、手首を捻挫《ねんざ》してたな。で、誕生日の食事のあいだじゅう、ほとんどずっと泣いてた。覚えてるかい？　アーキビストは鼻をすすって、涙を拭う振りをした。

でも、あたしは転んでないけどね、とトポロジストが言った。転んだのはあなたのほうでしょ。

このふたりのあいだには、いつもぴりぴりした空気が漂っていた。いっぽうは物質世界《マテリア・ムンディ》の保存に心を砕き、もういっぽうは、非物質の価値を証明することに心を砕いている。トポロジストが苦労して、暖炉の上に並べたゲームの駒を、アーキビストは丁寧に掃き集め、駒がもともとあったバチェラー・チェストの真ん中の引き出しに片づけるという具合だ。

ラムのあばら肉《ラ　ム　ラ　ッ　ク》のローストを食べたよ、とコックが言った。焼きすぎだったな、あれは。それとミントのジェリーソース、とコックはつけ加えて、甘いものが好きなボタニストに笑みを向けた。あのころはベジタリアンじゃなかったね、とボタニストの記憶を刺激した。あのころは馬みたいに食べてた。

馬って言っても、子馬程度だったよ。忘れたの？

食事の時間はいつだって、みんなで一緒に過ごした時間のなかでもいちばん楽しい時間だった。父さんと母さんはテーブルの端と端にすわって、言い争いが不可能とまではいかないまでも、起こりにくいようにしていた。そういうとき、母さんは父さんを〝愛しい人〟と呼んだ。あのときはレストランだったが、みんなが同じものを食べていたわけではなかった。母さんは鴨のコンフィを注文し、父さんはプライム・リブのローストを頼んだ。

フレンチ・レストランだった？

フレンチだったら、何か違いがあるのか？

天と地ほど違うよ、とコックが答えた。

そこがフランスでないかぎりは、とアーキビストが言った。

それはどうして？　自惚《うぬぼ》れ屋さん。ボタニストはアーキビストをからかうのが好きで、わたしたちは彼の反応をみるのが好きだった。

みんながどこにいたのか知る必要があるんだ、とアーキビストが言った。おれたちが離ればなれになっていたあいだはずっと、ほかの人たちと別々の場所にいたんだから。

アーキビスト自身はどうかというと、彼は大学にいた。雨が降りはじめたというのに、空いている駐車スペースはキャンパスの裏側にしかない。雨が降るとは思っていなかった。アパートメントを出るときは晴れていて、春の星座群が頭上でまたたいていたのだ。ただし、それらの星座が見えたのは、並木道を通り過ぎてからだった。アパートメントのある通りの並木はトネリコの木だったが、アーキビストはそれがトネリコだと知らなかった。現実の世界には興味がないのだ。

うみへび座、こいぬ座、こと座。外に出たら、そういう星座が見えるよ、とアストロノマーは言った。うしかい座は見えないけど。

外に出るには寒すぎるわ、とジー・ムーンが言った。ジー・ムーンはため息をひとつつくと、バンケット・テーブルから離れ、窓のそばに立った。海に昇ったばかりの満月が、吊るされたランプみたいに、入り江でうねる北方の波を照らしている。

家の裏にも一本、トネリコの木があったわ、とジオグラファーが言った。覚えてる？　なくなったんだよ、とボタニストは言った。死んで、だめになっちゃった。ヨトウムシに食べられて。

あなたってなんだかいつも、メロドラマじみてなきゃいけないみたいね。キーパーは、犬のためにお皿に残った食べ物をさらえていた。あなたが木のてっぺんから降りられなくなって、ナニーが消防署に電話したことは覚えてるわ。

黒死病、ボタニストは言った。わたしが覚えているのはそっち。

雷招くはトネリコの木、とアイスマンが言った。

大学の駐車場はエリアによって色分けされていて、その色のステッカーを車に貼ることになっていた。赤色のステッカーがいちばん高額で、主要な建物の近くに駐車できる。次が緑色のステッカー、次が青色、最後が黄色だった。アーキビストはステッカーにお金を払ったことがなく、いつも歩いて仕事に行っていた。けれども、その夜は特別だった。Ｐが原稿を大学に寄贈し、大学の貴重図書室で朗読を行うことになっていたのだ。

アーキビストは、Ｐの初めての本〈孤独な大通り〉をあまり評価していなかった。その本はアーキビストの人生が困難な時期に出版された。彼女は驚くほどテーマに共感していないと、アーキビストは感じていた。〝小さなもの、小さくてしおらしげなものが……〟

自分宛てのサインのはいった本を読みながら、Pは、孤独という巨大で空っぽの大通りを渡ることで示される、寂しくて物悲しい光景を笑いものにしているような気さえした。それらの詩にはしばしば、ある種の轍《わだち》が登場し、はるか遠くへと導かれる。そこにあるのは葉の落ちた木や、不明瞭な音、押し殺した泣き声。

Pは明らかにローマの皇帝ハドリアヌスの詩を盗用している。ただしこれは、盗用ではなく引用と呼ばれ、あとに残るのは罪ではなく恩義だ。

なんてもったいない、と母はPのことをよくそう言っていた。子どものころのPはかわいいと言われる子ではなかったが、ある時点で変化があった。最近の著者近影を信じるなら、寄る年波が目元や口元に侵入してきてもなお、魅力はまったく損なわれていない。写真家は、Pを高い背もたれのついたイスにすわらせてポーズを取らせていた。そのイスはPの頑固な性格にぴったり合っている。

アーキビストは、車を駐車場に入れてキャンパスに向かうのに充分余裕のある時間に着いたが、ステッカーがいらない駐車区域はすでに満杯だった。雨が本格的に降りはじめていた。対向車が来るたびに目がくらんだ。二度警笛を鳴らされ、一度は政治科学部で見たことのある女を危うく轢きかけた。その女は膝下まである白いレインコート姿で車の前に走り出てきかけたが、すんでのところで夫に引き戻された。夫は拳を振りまわしていた。
時間が迫りつつあった。朗読のまえに交わされる会話の熱量は徐々に弱まり、沈黙へと向かうだろう。大学総長は部屋を見回し、腕時計をちらりと見ているだろう。Pはいちばん前の列に腰かけ、原稿に覆いかぶさるようにしていて、その白い茎のような首が、首つり縄を掛けてくれと頼んでいるみたいにみえるだろう。XOXOXO。これはどういう種類のサインなんですか？　そうしているあいだも、草刈り機が今シーズン初の草刈りを開始し、花壇の縁を刈りこんでいるだろう。大学の公園管理人は吸血鬼のごとく、けっして眠らない。

アーキビストがやっと見つけた駐車スペースは、青色のセクションの端だったので、実際は黄色のスペースと同じくらいキャンパスの中心から離れていて、男子社交クラブ《フラタニティ》の建物に近かった。盛期ゴシック様式の建築物が、巨大なバーベキュー・コンロや中庭いっぱいの運動器具とぎこちなく共存し、風変わりな一体感を醸しだしている。ありえないように思えるが、雨脚はますます強まり、そのころには、誰かが雨を車に投げつけているみたいだった。当然ながら、傘は持ってきていなかった。ずぶぬれになるだろう。きっと哀れっぽくみえるはずだ。ハドリアヌスの魂と同じく。

魂にも見た目があるみたいだな、とコックが言った。テーブルの皿を調べている。食べ残しがあれば文句を言うつもりなのだ。Ｐはいつも気楽にやってたけどさ。

何言ってるのよ、とジー・ムーンが言った。あの子には気楽なことなんて何もなかったわ。

みんな、ジー・ムーンの言いたいことがわかっていた。Ｐがポジティブな行動を泥みたいに投げ捨てるのを、わたしたちは見てきたのだ。Ｐはネガティブな行動に飛びついた。何よりひどいことに、そもそも手に入れるのがひどくむずかしい、とても大事な人間の身体というものを無駄遣いしていた。

車を駐車場に入れたあと、横手に教会のアピスみたいな円柱型の建物の後部が見えて、アーキビストはほっとした。ジャニュアリー・ホールだ。大きなロマネスク様式のその建物には、廃れかけの学部が押しこまれている。その建物には図書館の地下階につながるトンネルがある――ジャニュアリー・トンネルは、近隣では伝説的な場所で、ティーンエイジャーの恋人たちやドラッグの売人が好んで出入りする場所だった。わたしたちのうちの何人かは、そこで少なくない時を過ごしたが、アーキビストは、トンネルの存在すら確信が持てなかった。とにかくトンネルがあると思《おぼ》しき方向に走るしかない。トンネルがなければ、びしょぬれになり、この日のために買った軽いウールのスーツが、棒切れみたいな身体に不格好に張りつくことになる。ねえ、絞首台の男に似てるね、とPに冗談ぽく言われたのは、絞首刑ゲーム《ハングマン》（文字数から類推してアルファベットを挙げ、単語を当てるゲーム）をしようと初めて誘われたときだった。当時のPは有名な詩人ではなく、まだほんの子どもで、聖ロシュ小学校の外にある水飲み場の番を、超然と待っているところだった。水を飲もうと口を近づけたとき、歯列矯正具が水飲み器の蛇口に当たる音が聞こえた。

　アーキビストは豪雨のなかに飛びだした。どこに向かっているのかわからなくなり、一瞬何も見えなくなったが、次の瞬間、目の前にジャニュアリー・トンネルと書かれたドアが現れた。なかにはいると立ちどまり、頭を振って髪にかかった雨を落とし、ドレスシャツの裾で眼鏡を拭いた。トンネルは充分に明るかった。かなり遠くまで伸びていて、奥へ行くほど薄暗くみえる。両側と頭上から低い単調な機械音が聞こえていたが、機械は見当たらないし、悩ましいほどの音ではなかった。大学をスムーズに運営するには巨大なエネルギーが必要だ。

　ドアのすぐ内側の壁に、誰かが数本のほうきと、モップのはいったバケツ、ボロ布の束を置いていたが、それを除けばトンネルのなかは空っぽだった。壁は、施設でよく目にする緑色に塗られ、陽気で奔放な精神のようなものが添えられている。コンクリートの床にはそのペンキが飛び散り、天井に沿って走るパイプから落ちて硬化した滴と重なりあっている。
アーキビストの眼鏡は曇りつつあった。シャツの裾を出したままにしておいてちょうど良かった。Pは白内障の手術をしていらい、矯正レンズを必要としなくなり、夜になるとその灰色の瞳が動物の目みたいに光ると言われた。Pの目がきれいなことは知られていたが、尋常でないほど分厚い眼鏡のせいで、少女時代はずっと、ビーズみたいに目が小さくみえていた。チェック柄のフレームの眼鏡を掛けていたときは、チェックの模様が縁と柄《え》の部分でずれていた。もてない女子のひとりだったが、もてない男子のひとりであることに悩むアーキビストほど、その状況に悩むことはなかった。ミセス・チャリフの社交ダンスの授業で、一緒に踊りたがる人がいなかった事実を、Pは誇りにしていた。

ふと気づくと、低い機械音の下にふたつめの音がこっそりはいりこんでいた。機械音よりかすかで、身近で、まるで耳のなかだけで鳴っているみたいな音。かすかだが規則正しい、シュッ、シュッ、シュッという音に、小さなカチカチという音が句読点のように加わって繰り返され、柔らかな肉球と繊細な爪をした生き物の存在が示唆された。生き物はこちらから逃げているのか、それとも先導しているのか。ひびさえない壁の左手前方に穴のようなものが見えたが、それは短くて暗い廊下で、突き当たりにドアがあった。そのドアは、研究助手か授業助手に割り当てられた地階の窓のないオフィスに通じているにちがいない。まさにこのようなオフィスから、優美な柱廊に面した大きな窓がふたつついているオフィスにたどりつくまで、どれほどの時間がかかったことか。充分以上の時間だったことはたしかだ。

前をいく動物がなんであれ、足音からして、その廊下にふいっとはいったように思えたが、アーキビストの視線の先にあったのは、ドアのそばの床に落ちていた固く丸められた紙片だけだった。大学のレターヘッドのついたその用紙には、ダッシュが十本引かれていて、七番目のダッシュの上に〝O〟、八番目のダッシュの上に〝X〟が鉛筆で書かれていた。Pは処女詩集のタイトルページに男性的な乱雑な手書きで、XOXOXOと書きこんでいた。それがすべてを語ってるわ、とPは言いながら本をくれた。それは〝ハグ&キス〟のマークではなく、十六歳の誕生日に一緒に出かけたコンサートホールのドームの下部にあった模様だ。それはわかっている。アーキビストは紙片の皺を伸ばして丁寧に半分に折り、胸ポケットにしまいこんだ。

証拠を集めていたのね、とジオグラファーは言った。

証拠を集めてるって？　コックが言った。ゴミを集めてるみたいだけどな。

ボタニストはいかにも彼女らしい仕草で、バンケット・テーブルに上半身を乗りだし、腕を枕にしてコケティッシュな表情でコックを見上げ、その廊下で、とため息をつきながら言った。見つけたものがなんなのか、あなたには一生わからないだろうな。

馬鹿なこと言わないで、とキーパーが言った。どうやってそれが証拠になるわけ？

記録保管人《アーキビスト》なんだから、なんでも保管しておくんだろ、とアストロノマーは言った。

あたし、〈孤独な大通り〉を読んだの、とトポロジストが言った。授業のために読まなくちゃいけなくて。すごくいい本だったわ。


アーキビストがトンネルの奥へ進めば進むほど、機械音はさらにくぐもっていった。短い廊下がいくつも左側に現れ、それぞれの廊下の先にはドアがあり、ドアの窓に名前の書かれたカードが貼られていた。それがし教授、これがし教授。けれども、ここに名前のある人は誰も、正規の教授になりかけたことさえなかった。知っている人の名前がいくつかあった。バンティング教授は騒々しいフェミニストだ。リュー教授は何年かまえに亡くなった。これらのオフィスはみな暗く、トンネル自体もだんだん暗くなってきた。電灯の配置の間隔がどんどん広くなっているのだ。ときどきドアが開きっぱなしになっている部屋があったが、そういう部屋のなかは、緊急避難命令が出て見捨てられたみたいにみえた。

しばらくその状態が続くと、前をひたひたと歩いている動物の音が、ただの想像かもしれないと思えてきた。この場所で聞いた音はみな、自分の胃の音だったのかもしれない。思い出せるかぎりでは、つねづね不安の波に襲われやすかったし、その日はまだ何も食べていなかった。そうしているあいだも、トンネルの床は、排水状態がますます悪くなる兆候を示していた。新しい靴を汚さないように、そして滑らないように、踏み場所を確認しながら進んだ。最初は水たまりをまたぐか、迂回することができたが、ついには水たまりのなかを歩くほかない状態になった。灯りもだんだん弱くなってきたが、皮肉なことに、トンネルのなかが薄暗くなればなるほど、その奥がよく見えるようになった。そしてとうとう、動物のようにみえていた影の形を捉えたと思った。地面を這うように動く身体と、驚くほど太くてまばゆく光るしっぽ。その動物はトンネルの左の壁に沿ってひそやかに進み、ときおり脇にある廊下のどれかに消え、かなり前方で再び姿を見せた。体毛が何色なのかは判別しづらかった。輝く灰色にみえることもあれば、狐のような赤褐色にみえることもあった。目は色を伝えているにもかかわらず、自分の生物としての本能——心のなかに作りだした体毛のイメージ——が示すのは純白だった。

朗読を聞きに来ていないと気づいたら、Pはがっかりするだろう。Pは最新の作品集から朗読を行う予定だったが、その本のタイトルを誰にも明かそうとしなかった。でも、編集者は知っているはずだ。出版日は一週間後なのだから。

アーキビストが髪を梳《と》かしてあげると、Pはいつも喜んでくれた。Pの髪は下ろすと驚くほど豊かで、長かったが、たいてい後頭部でひとつにまとめて小さなシニヨンにしていた。いつもは平穏なふたりの関係にも、ある側面があった。Pは髪を梳かしてもらうのが好きだったが、いつまでもそうされるのは嫌がったし、梳かす人の一部に個人的な影響を及ぼすという感覚も好きではなかった。髪を梳かしていると興奮してくると打ち明けたりしたら、手のブラシをはたき落とされるだろう。ねえ、何文字？　とPは尋ね、首をかしげ、灰色の目を輝かせる。そして、メモパッドを手にして、絞首台を描く。

最初のひと噛みは、じゃれついて甘噛みされたようなものだったが、二回目は薄いウールパンツの足の部分が裂け、深く食いこみ、血が出た。

アーキビストが知るかぎり、キャンパスの主軸は〝涙の道〟（東に住むネイティヴ・アメリカンが西部へ移動させられた）に敬意を表して東から西へと延びている。いっぽうジャニュアリー・トンネルは、ツーレとしても知られる、〝サスペンション・オブ・ミスルール〟に敬意を表して南から北へ延びている。

〈ニセギツネ〉、とジー・ムーンが言った。新しい本の題名はそれだわ。

なぜわかったんだい？　とアーキビストは尋ねた。

わたしたちは親友だったから、とジー・ムーンは答えた。ちっちゃな女の子だったころから。

Pはわたしの相棒だと思ってたのに、とボタニストが言った。あなたはどこかほかの遠い場所にいると思ってた。

わたしたちは親切な人には微笑み、嫌なやつには顔をしかめてみせたじゃないの、とジー・ムーンは言った。ときにはひどく悲しいこともあった。覚えていないなんて、信じられない。

もちろん、問題は、ジー・ムーンがいたところにわたしたちが到着したのか、それともジー・ムーンのほうがあとで到着したのかだ。何度も出かけ、よく知っている道のはずなのに、夢のなかでいつも迷子になる場所みたいなものだ。恐怖に駆られ混乱しながら、道を先へ先へと進み、カーブを回ったところにある家へと急ぐけれど、道の先などなく、カーブもなく、家もない。なぜなら、けっきょくのところ、わたしたちは誰も、ジー・ムーンと一緒でなかったときを思い出せないので、東西南北のどこかから近づいてくる赤い点みたいに、知っている世界の外側から近づいてきた彼女の赤いパーカーを、誰が最初に見たのかも判断できなかった。

誰であれ、最初に見つけた人は目がいちばんいいはずだ。それは誰だっけ？

トポロジストじゃあないな、いちばん目が悪いから。

きっとぼくだな、とアストロノマーは言った。彼女がやって来るとみんなに伝えたのはぼくだ。

ねえ、それって、そんなに重要なことかしら、とジー・ムーンは言った。

恐ろしく寒かったので、ジー・ムーンは赤いフェルト製のパーカーを着ていた。パーカーには、銛《もり》を突き刺されたアザラシたちの姿が刺繡で描かれ、袖口とフードの縁には狐のファーがついていて、顎の下で狐の前脚がきちんとクロスするようになっている。赤は、ジー・ムーンの真っ黒の髪と抜けるような白い肌によく似合っていた。

室内で夕食を作っていたコックを除いて、わたしたちはみな、外に出てスキーをしていた。犬たちも一緒に外にいた。チームとして充分な数の犬がいたが、わたしたちはやっとハーネスのつけかたを突き止めたところだ。北の国では、霜と降雪の影響はたいていとても厳しくて、そのうえ濃い霧が突然発生してあたりが恐ろしいほど暗くなり、近づいてくる旅人が敵か味方かもわからなくなることがある。いずれにしろジー・ムーンは、決まりきった礼儀作法を示されてもどこ吹く風だった。

でも、すてきな笑みを浮かべてたよ。これにはみんな、同感だった。

ジー・ムーンはまず、両手を拳にして差しだした。見知らぬ犬に近づくときのお馴染みの方法だ。リードドッグの雄犬がその手を舐めると、灰色の犬もそれにならった。アストロノマーは明らかに心を奪われていた――最初の出会いから、わたしたちは気づいていた。

アストロノマーはスキーの先が当たらない範囲でできるかぎり近づき、面長でのっぺりした顔にぼうっとした表情を浮かべていた。その顔は魅力的でもあり、ハンサムとさえ言えるかもしれない――そういう類《たぐい》の顔つきが好みならば。アストロノマーは隠していたが、これまでに何度か失恋していることをわたしたちは知っていた。

でも、ある年齢を過ぎれば、失恋することだってあるだろう？　誰も経験ないの？　失恋したのは、もうずいぶんまえのことだ――茂みのなかの一対の目、聖堂の聖人。結婚が真実の愛を示さないことをわたしたちは知っている。ロマンティックな失恋など、あとにやってくる出来事と比べればなんでもない。

それとも、もしかすると、カクテルを飲もうと集まったときにやっと、ジー・ムーンに気づいたのかもしれない。ほっそりした女がひとり、暖炉のそばにいて、わたしたちが着いてすぐ地下室で見つけたシングル・モルト・ウイスキーを、ショットグラスでちびちび飲んでいた。髪を後ろに払って両耳に掛けた彼女は、何かに微笑みかけていたが、室内の調度と対面するように配された大きな多連窓《マリオン》のひとつから、ほかのみんなが外を見ても、何も見えなかった。ジー・ムーンはそこに立って微笑みながら、長い夜と共に近づいてくる〝灰色の寒気《グレイ・コールド》〟に対峙《たいじ》していたのだ。

あの子たちはまだ赤ん坊よ、だけどちょっと待ちましょう、とジー・ムーンはコックに話した。父親はディナーを獲りに出かけてる。それをするのが父親だから、とジー・ムーンは言いながら、部屋の向こうにいるアストロノマーを見た。

コックだ、そう。彼にちがいない。血のついたエプロンで、そばかすだらけのぽっちゃりした指を拭っている。コックはアストロノマーよりも先に、誰よりも早くジー・ムーンにアプローチした。

今夜はごちそう、初めてのごちそう、とコックは唄った。子狐たちは骨までかじる。コックは男らしい体つきから想像するより甘い、快い声をしていた。唄っているのは、家族のために鵞鳥《がちょう》を盗んだ狐の歌だ。何か食事制限はしてるかい？　とコックは尋ねた。

食事は食材のままとることにしているわ、とジー・ムーンは答え、眼鏡の縁越しに、濃いまつ毛の下からコックを見つめた。

コックは男やもめで、すでに心は壊れていた。それどころか、粉々になって塵と化していた。妻を最初から最後、AからZまで、つまり永遠の旅路につくまで崇めた。いっときも休むことなく妻を崇めつづけた。だからこそ、コックの物語はいちばん短い。

ジー・ムーンは、いつのまにか外で着けていた装備を外し、白い厚手のプルオーバーに、黒のレザー・パンツ、フェルトのブーツライナーという格好になっていた。上着などをかけるフックは、ドアから地下室につながる通路の両側についていた。ジー・ムーンは誰にも気づかれずにドアをあけ、地階に降りたにちがいない。好奇心は旺盛だが、彼女自身は奇妙に固定されたオーラを漂わせている。そのオーラは、聖骨箱や甲羅など、見えないほうがいいものを隠すためにデザインされているものを思わせる。地下室は電気が通っていないので、そこにはいるには懐中電灯が必要だった。ウイスキーが詰まったオーク材の樽は南側の壁に沿って並んでいる。樽はたくさんあって、長いこと上等の酒を楽しむのに充分以上の量があったが、それでもアイスマンはひどく喉が渇いた。地下室は廊下と同じ長さで、わたしたちのなかでいちばん背の高い人と同じくらい深い。つまり、それはアイスマンなのだが、彼は自ら買って出た役割として、夕食まえの乾杯の酒を取りに地下室に降りて歩きまわるとき、かがまずにすんだ。ここの永久凍土を削り取るには、ひどく骨が折れたにちがいない。

けれどもアイスマンはまだ、地下に降りていなかった。まだ外で犬たちと遊んでいた。いっぽうジー・ムーンを除いたわたしたちは、なかにはいっていらいらしながらカクテルを待っていた。アイスマンは最近積もった雪の上に犬みたいに寝転がり、犬たちに顔を舐められていた。ほかのわたしたちと違って、アイスマンは寒さを楽しんでいた。フェアマウント・アヴェニューの夏はたいてい暑くなったが、その暑さは嫌っていた。寒ければ寒いほどいいらしい。彼の身体は料理窯みたいに大きかった。

ジー・ムーンが来たのとちょうど同じときに、グレイ・コールドがやって来た。グレイ・コールドは動物の目を焼き、毛を硬直させた。動物の視野の端近くに生きているすべての生き物を奪った。グレイ・コールドはエサを狩れるよう、その動物たちを群れさせた。グレイ・コールドのせいですべての生き物の毛皮は厚く見事なものになった。グレイ・コールドは鶏の鶏冠《とさか》と鵞鳥の嘴や足を白くした。ウサギや狐やテンの毛の色を変えた。人の唇や指、鼻の皮を剝がした。そのせいで唇が別の唇に触れると、剝がれない松脂《まつやに》でも塗ってあるみたいに、くっついた。道のない領域を旅行者や狩猟者に開放した。

いっぽうコックは、みんなに紹介するみたいにジー・ムーンを連れて部屋のなかを回った。もちろん、まもなくジー・ムーンは、わたしたちの名前を知っていて当然と思うようになる。それはわたしたちがそれぞれ到着したときと同じで、わたしたちがここにいるのは、思いがけないことだったが必然でもあった。

これが空間の力だった。それはわたしたちの身体にはいりこんできたが、もともとそうやってわたしたちは誕生したのだ。最初は、空も、大地も、肌も、家も、わたしたちを互いに隔てるものは何もなかった。けれどもそれは何もないということではない。最初は、あらゆる場所にあらゆるものである何かが存在した。それは空間と呼んでもいいが、わたしたちの身体の必要な場所にはいりこみ、皺や嚢、厚みや球体を作った。わたしたちのうちの何人かはラビリンスに留められ、そこで養われた。ほかの者は足ではなく蹄があるみたいに、自分たちの下で氷が割れるのを感じた。その人にしか見えないはるか遠くにあるものを捕らえるために、このような空間の力を呼び出すこともできるが、遠くにあるものに結びつけられた糸の結び目は複雑だ。

わたしたちは興味津々で、アイスマンが窓際のジー・ムーンとコックに近づくのを見ていた。アイスマンは地下室にいたので、服に冷気の匂いとたくさんのクモの巣がついていた。乾杯、とアイスマンは言って、酒を一気に飲み干し、ジー・ムーンのほうを向いて、片方の眉をあげてみせた。アイスマンはいつもいちばん楽しい酒を手にしていた。

じゃあ、いただくわ、とジー・ムーンは言って、グラスを差しだした。

コックは失礼するよと断ってキッチンに戻り、そのタイミングで残りの者は、酒のお代わりをもらうためと、よそ者をもっとそばで観察するために近づいていった。

わたしも？　とジオグラファーは言った。いつもは、トナカイの革のレギンスとアザラシの革のブーツという現地の人みたいな服装だが、その夜の彼女はどういうわけか、濃緑のクラッシュ・ベルベットのイブニングドレス姿だった。

ちょうどいいところで止めてくれよ、アイスマンはそう言いながら酒をついだ。

ジオグラファーが、明日は内陸へ向かう探検旅行を計画していると説明した。予報では雪らしいわ。そうなるとミッションの遂行がむずかしくなるかもしれない。雪が降ると、何もかも覆い隠されて、ケルンはほかの風景に埋もれて見分けがつかなくなるから。大雪ね、と言い足してジオグラファーは詫びた。理論的な気象学者のジー・ムーンが、すでにそれを知っていたのはまちがいない。わたしたちはいつも、互いの専門分野に敬意を払っていた。ほかの誰かの専門領域に対する感情にはひどく敏感だった。そのほかは、ボタニストという例外はありうるが、誰も感情など持ち合わせていないかのようにふるまうことが多かった。

けれども問題は、わたしたちには感情があるということだ。わたしたちはお互いに愛しあっていた。けっきょくそういうことなのだ。わたしたちはあまりに野生的で、あまりに湿っぽくて、すぐに逃亡しがちだった。わたしたちは、ナニーに毎朝シーツから振り落とされる紙魚だったかもしれない。ナニーは紙魚を、本の綴じ紐やカーペット、コーヒーや糊、写真やリネン、石膏や砂糖を食べる、家のなかの害虫とみなしていた。紙魚などの無《む》翅《し》昆虫は夜行性で、それらの複雑な交尾の儀式は一時間半強続く。雄と雌が向かいあって立ち、触角を震わせながら接触させ、後ろに下がってはもとの位置に戻る動作を繰り返し、雄が逃げ、雌があとを追い、やっとのことで頭と尾を逆向きにして並ぶと、雄の作る糸でくるんだ優美な精包という精子が納まった鞘《さや》を、雌が体内に取りこむ。

探検旅行だって？　アイスマンは尋ねた。たしか軽い小旅行だったような気がするけど。でも、どこへ向かう、なんのための旅行だっけ？

その言葉じゃぴったり来ないかもね。ジオグラファーは火を見つめながら、背筋を伸ばした。雪が降っても、早く出かければ、きっと問題ないわ。橇だって使えるし。

どこへ向かうのか、まだ話してくれてないけど。アイスマンは自分でお代わりをついだ。かりかりしないでちょうだい、とジー・ムーンは言って、アイスマンに寄りかかって笑った。

彼の匂いと身体の厚み――泥炭のなかに沈んでいくような感覚だ。

ジー・ムーンは酒に飲まれるタイプだった。最初の夜は飲みすぎて、疲れたからと言い訳して早めにベッドにはいった。部屋はドミトリーの二号室で、寝つくのに永遠ほどの時間がかかった。外では、風景が全方向に広がっていた。それは、初期の宇宙飛行士が見た月面の光景に似ていた。乳白色の頂きはのこぎりの歯のようにとがり、そのふもとにあるクレーターは骨のように白い。

わたしたちのドミトリーの部屋は完全な正方形だった。トポロジストによれば、正方形は完全性が意味をなす空間で、その多くの点は近傍と呼ばれるものによって分離される。

長くて細い廊下がドミトリーの中央を走っている。廊下は停滞した空間で、不完全で、物事が決着に向かう場所だ。ドアをあけて部屋を出て、その空間にはいった瞬間、わたしたちはどこにも属さなくなる。思考が鳥のように頭上を飛び、その目は狭い海峡を探す。わたしたちが急な方向転換に慣れていなければ、雨の滴のように深い割れ目に落ちて、何も生まれなかっただろう。

ジー・ムーンはベッドに横たわっていた。雪明かりに顔が照らされている。その光は、天と地や、星と氷晶などほかの組み合わせのどれよりも美しく、命が棲んでいる体内の虚ろな場所のようだった。目をあけると、アストロノマーが部屋の戸口に立っていた。

一目惚れではなかった。ふたりはすでに会っていた、覚えてる？　オーブラックで。永遠に続くような長い丘を登ったでしょ。いつもは鷹《たか》のように鋭い母さんが、あのときにかぎって見張っていなかった。

それとも、一度も会ってはいなかったのかもしれない。お互いをただずっとまえから知っていただけかも。

パートナーを見つけるのって、いつも疲れるよね、とジオグラファーは言った。

生き抜くのって疲れるよね、とキーパーは言った。ダーウィン信奉者に育てられたときは。

あの丘はいままでいちばん長い丘だった。トレイルの目印があったのに、わたしたちは迷子になった。道が交差したり、枝分かれしたり、脇に逸れて消えたりしてて。

牛の踏んだ跡よ、とキーパーが言った。あれは牛の踏み跡で、トレイルじゃないわ。

しばらくすると、わたしたちは迷子になった旅人がよく経験する堂々巡りに陥った。女王然とした堂々たる雲が、長いトレーンを引きずるように雨を従えて空を闊歩している。暗闇が頭上や周辺や足元でうなり、金色のチェーンでつながれた二羽の鳥が湖の上を飛んでいく。誰かが言った。あの鳥たちを飼って、両肩に一羽ずつ乗せられたらいいのに。宮殿《パレス》から来たわたしの小さな鳥たち、わたしの小さな羊たちよ、ようこそ《ウェルカム》。

聖堂は、それ自体が雨を避ける人たちを受け入れる《ウェルカム》シェルターだった。わたしたちは黒っぽい外套を着たまま、ドアのすぐ内側でかたまり、うずくまった。わたしたちの大半は司教にもらったロザリオを身に着けていた。聖堂のなかには、ほかにも大勢の人がいて、蠟燭に火を灯したり、祈ったり、おしゃべりしたり、ロマンスを求めたりしていた。鐘が鳴っている。その土地に脅威が広まっている。

あのスウェーデン人もいた、と言ったボタニストは、ジー・ムーンに向かって、それにあなたもいたでしょ、と告げた。祭壇にひざまずいてたよね。

それはわたしじゃないわ、とジー・ムーンは答えた。ひざまずいたりしないもの。

誰もがほかの人に近づきすぎないようにしていた。誰もが小さな月やチェーン、ネックレスやブレスレット、額に飾った宝石や小さなバッグや鏡をすでに捨てていた。ベルトの代わりに紐を、胸飾りの代わりに織りの粗い布を巻いていた。

ジオグラファーは、バンケット・テーブルの向こうにすわっているボタニストをにらみつけた。わたし、車の窓は閉めてたわよ。窓をあけていたら何を失うか、誰でも知ってるわ。衝突のあと、夫は薬を飲んでいた。飲んでいいたのよ。怒っているような声だ。

あなたがそう言うなら、そうなんでしょ、とボタニストは言った。

病院でね、とジオグラファーはつけたしした。忘れているといけないから。ジオグラファーはボタニストをちらっと見た。

ロザリオは、薄青色のプラスチック製だった。ガラクタだが、パワーはあった。雨宿りに聖堂に駆けこんだとき、わたしたちの何人かが着けていたロザリオよりもパワーがあった。

わたし、自分のをいまでも持ってるのよ、とジオグラファーは言った。十字架は金で、ビーズは半貴石のガーネット。その石には疫病を祓う効果がある。

それはどんなふうに役立ったんだい？　アイスマンは言った。彼はロザリオをどこかでなくしてしまったのに、ちょっとまえまでそれに気づいていなかった。

実を言うと、ロザリオに意味はなかった。わたしたちには信仰心がなかったから。けれどもコックは別だ。コックは、カトリックだった妻を偲《しの》んでロザリオを身に着けていた。あの聖堂で妻のために蠟燭に火を灯し、ロザリオを置いてきた。聖人の足元に山と積まれた青いプラスチックのロザリオのなかに。


聖堂は小さかったが、誰がなかにいるかは、やはりわからなかった。巡礼者の顔は巨大なレインポンチョに隠れてよく見えなかった。眼鏡を掛けているとなおのこと、身体から発される熱でレンズが曇り、雨と汗の粒が額や頬を伝い、鼻の先から落ちた。そのうえ、匂いのせいで心が乱された。濡れた太古の石と溶けた蠟《ろう》、洗っていない人の身体と汚れた下着の匂いが混じりあう。あとでわかったことだが、その場所は人間とその多様な影響ではち切れそうで、空間と同じくらい、空っぽには程遠かった。

あの蠟燭にはお金を払うべきだったわね、とキーパーはコックに言った。あれは無償じゃなかったのよ。

ボタニストはセーターの首から手を差しいれて、ロザリオを引っぱりだした。胸の谷間に横たわっていたせいでまだ温かい。ロザリオにはオパールのチェーンがついていた。ボタニストの肌のように乳白色で透明だ。ずっとつけっぱなしなの、とボタニストは言った。ベッドでも。

ガーネットを身に着けている人は感染症を祓いのけられる。アメジストはアルコール依存症に効き、オパールは透明になれる——わたしたちはみな、それらの石の効果を完璧に心得ていた。

もちろん、四六時中身に着けているだろうさ。アーキビストは言った。ヨガのときでさえも。

おい、とコックが言った。おまえが考えていそうなことが頭をよぎったぞ。そんなことを考えてるのか？

どんなことがよぎったんだよ、とアーキビストが言った。おまえの頭はレンガ並みに見通せないな。

あのトイレにいたのはわたしよ、とボタニストが言った。

あなたがそう言うなら、そうなんでしょ。ジオグラファーはボタニストの真似をした。そうしたのは物真似が得意だからということを、みんな承知していた。

きみだった、とアストロノマーは言った。はいっていくのを見てたんだ。

アーキビストはテーブルの向こうに手を伸ばし、ジオグラファーの手首をさっと軽く叩いた。メモを取ったほうがいいんじゃないか。

アイ・ピローはどうしたの？　キーパーが言った。

隙間からのぞいてたのよ、とジー・ムーンが言った。わたし、見てたの。

ジー・ムーン！　初めてジー・ムーンを見たのがいつか、意見が一致しさえすればいいのに。聖堂はトポロジストが〝エタール・スペース〟と呼ぶ空間だ。エタールは潮留まり、つまり流れが止まった状態を意味し、そういうときは誰もが、止まっているものがまた動きだすのを待っている。エタール・スペースではいつも、誰が、または何がそこにないのかがわかりづらくなる。

問題は、ジー・ムーンはわたしたちのうちのひとりではないことだ。

聖堂のなかにわたしたちと一緒にいた人びとのように、ジー・ムーンはわたしたち以外の何かだった。Pやあのスウェーデン人や、聖人や校長先生みたいに。わたしたちはみんなでひとつのまとまりで、ほかの人たちは別のひとまとまりだ。母と父はかつて、わたしたちと一緒のひとまとまりだったが、ある時点で、わたしたちが存在するまえのものに逆戻りした。わたしたちのなかで夫や妻がいる者は、自分たちの状況を決めかねたままだった。ナニーは特例だったが、わたしたちは彼女のことについても意見が一致していなかった。

さらにキーパーはコックに、本当なのよ、と言った。オパールで透明人間になれるの。夜にあなたのチョコレートがどこに消えたと思う？

いい質問だね、とボタニストが言った。毎晩。眠気を覚ますのは誰だと思う？　夢をくれるのは？　毎晩毎晩、甘い夢を。

浜辺でわたしたちが見つけたケルンは、生命力にあふれていて、目や、鼻や口が見えそうなくらいだった。

それがなんであれ、生きているのがわかった。石でできているにはちがいないが、積まれた石の山には活力があり、その下には、ずいぶん昔に死んだ少女が埋められていた。臭い糞から生ある虫いずる、とも言うではないか。

ケルンの下に埋められた少女は、仰向けに寝かされ、樹皮で包まれ、赭土《あかつち》で色をつけられ、身体の横に腕を添わせ、起きあがってこないように大きな石が胸骨の上に置かれた。少女にはそれができた――起きあがることができた。無駄をそぎ落とされた姿で、どこでも望むところに立ったり浮かんだりすることができた。目はなくなっていた。これほど時間が経ったあとなのだから当然だ。少女が生きていた時代には、現在の青い目や紫がかった目やハシバミ色のような目はなく、誰もが茶色の目をしていた。少女は生贄《いけにえ》だった。人びとは少女を殺して身体の両側に火をつけた。死んだとき、少女は十六歳だった。処女の生贄。コックが言った。きっと処女だったろうな。

キーパーが言いかえした。十六歳ならセックスのことしか考えていないでしょ。

キーパーの茶色の目は、なんとも言いがたい色に薄まって、茶色ではあったけれど、バチェラー・チェストのなかにあったビー玉みたいにガラスっぽく見えた。わたしたちの知るかぎり、誰もそのビー玉で遊んだことはない。誰もチェストのなかのものを使ったことがなかった。ただし母だけは別で、母がチェストのなかを引っかきまわしていたことをみな覚えていた。何かのせいでヒステリックになったり、興奮したりしたときみたいに、母の目はまんまるだった。ここにはいっているのはわかっているのよ、と母は言っていた。

ビー玉をなくしたときみたい、とキーパーは言った。でも、母がなくしたのはビー玉ではなかったと、わたしたちはみんなわかっていた。

Pが十六歳になったとき、とアーキビストが言った。Pには、椅子を向かい合わせに据え、そのあいだに洗面器を置いてセックスをするというアイデアがあったな。けど、この計画を実行したわけじゃない。アーキビストは、Pにキスしようとしたけれど、うまくいかなかったことを思い出した。誕生日に出かけたコンサートのあと、大噴水《グランド・ベイスン》を歩いて通り過ぎた。すべての噴水が下からライトで照らされ、きらめく水の傘を広げていた。すわりたい、とPが待ちきれないように言った。おれがそうさせまいとしていたかのような言いかただった。噴水の前の石のベンチに腰をかけた。Pが片方の靴を脱いで振り、小石を出した。わたしたちはふいに、スウェーデン人のことを思い浮かべた。トポロジストは、オーブラックで、スウェーデン人がハイキング・シューズを振って石を取りだしたのを見ていた。取れた？　とアーキビストは尋ね、振り向いて答えようとしたPに、顔を寄せてキスをした。ちょうどそのとき、ストレッチ・リムジンが止まった。なかには美しく着飾り意気揚々とした、プロムの参加者たちがひしめいていた。

ハハ、とジオグラファーが皮肉っぽく言った。ファースト・キスってそういうものよね。わたしのファースト・キスの相手はフランス人の少年だった、とジオグラファーは言った。彼はフ、ラ、ン、ス流のキスをした。口のなかの彼の舌はカタツムリのようだったけど、カタツムリのわりには緩慢というより活発にせわしく動いていたわ。庭のカタツムリを殺すために掛ける砂が詰まっているみたいに濃密だった。まるでオマハ・ビーチの灰色の砂だった。石の土手を見に行きたい、とフランス人の少年に頼んだら、それは見せてもらえずにキスされたってわけ。

ちなみに、誰もカタツムリを殺すために砂なんて掛けないし、とボタニストが言った。

エスカルゴだ！　コックが言った。でも十六歳のとき、セックスがなければ何があった？

ゲームがあった、とアーキビストが言って、コックが笑うと、こうつけたした。いや、おれは死ぬと思ってた。

そういうゲームね、とボタニストが言った。生きるか死ぬかの。ボタニストは死んだ少年のことを考えているのだとわたしたちにはわかった。何よりも愛したと語っていた少年のことを。少年はおそらく、彼女の腕のなかで死んだらしかった。

十六ね、とトポロジストは言った。十六は中心つき五角数。Y、N、X、I、I、t、n、uのマトリックスには十六の二項積《ダイアド》がある。

偶数でもある、とキーパーは言った。

キーパーは数学が得意ではなかったが、動物の相手とタロットカードは得意だった。わたしたちはペットを飼えなかった。母さんがアレルギーだったから。けれども父さんはキーパーのために、乗馬のレッスンを申し込んだ。動物は、未来と現在を区別しないのよ、とキーパーは言った。ペットの次に好きなのがタロットカードだった。カードはどこで見つけたんだい？　アーキビストは、キーパーがカードを並べて未来を読み取ろうとしているのを初めてみたとき、そう尋ねてから言った。やってるところを母さんに見つからないようにな。

そもそもの考えは、あるものを開いて、そのなかに別のものを入れることだ、とアイスマンが言った。

鳥の卵が命ある雛《ひな》に変わるがごとく、激しき雨ののちには大地から虫が湧いてくる。


でも、十六歳のときって、まさにそういうものだったでしょ、とジー・ムーンはわたしたちに思い出させた。人生のある瞬間はそんなようなものだ。歯がゆいほど時間が過ぎていかない。そして何かが起こる。わたしたちはみな、思い出せないというより話したくない過去を経験した。ケルンの下に眠る少女は、ただの少女だった。当時の人びとが生きていた生活はいまとは違っていたが、その生活こそが人生であるし、人生の始まりや、まったただなかや、終わりのような気分を味わいながら、わたしたちと同じような身体で人生をまっとうした。おそらく少女は、セックスの経験はなかったが歯はあった。ものを嚙んで食べていた。食べたものは身体を通り抜けた。つまり、いっぽうの端からはいって、もういっぽうの端から出てきた。

打ち明けないのは良くないわ、とキーパーは言った。人は悪いほうへ想像するものよ。実際にやったことより、ずっと悪いことを想像されてしまうわよ。

あの日食堂車で、キーパーはタロットカードを目の前のテーブルに並べてすわっていた。

その様子は、グレート・ホールのバンケット・テーブルにすわっていた姿とまったく同じで、そうすれば運命を変えられるみたいに、カードを何度も混ぜなおしていた。

誰の運命を占っていたのだろうか。わたしたちのうちのほとんど誰でもありえた。気になるのは過去のことだけだと言ってのけるアーキビストは別にして、わたしたちはいつも、未来を占ってくれと、キーパーにせがんでいたのだから。けれどもそのいっぽうで、そこに立っていたアーキビストを覚えている人もいるのはなぜだろう。アーキビストは電車がカーブを曲がるたびに、重心をもういっぽうの足にずらしてバランスを取っていた。わたしたちは、アーキビストを見かけたことも、母さんを見かけたことも覚えていた。母さんは一言も聞き逃すまいと前かがみになっていた。あれは誰？　あれは誰なの？　母さんは背の高い男が描かれたカードを指さしながら何度も尋ねていた。カードの男はマントを着て、五つの聖杯に囲まれ、うち三つの聖杯の中身が地面にこぼれているのを悲しげに見ていた。

これは結婚のカードよ、とキーパーは言った。結婚だけど、苦しみや欲求不満がないわけじゃない。五つ揃いのものっていつも悪いニュースなの。魔法の杖《ワンド》の五なんかもそう。ワンドがトネリコからできていたとしても。

あなたたちの父親のようにはみえないわね、と母さんが言った。父さんは背が低いから。

それは人を指しているわけじゃないのよ、とキーパーは言った。ほかの何かを象徴しているの。一枚のカードが別のカードを導くのよ、トレイルの目印みたいに。

わたしたちはキーパーが何について言っているのかわかっていた。その日、わたしたちはみんなで電車に乗って、葉が落ちて枝ばかりになった灰色の木が飛ぶように過ぎていくのを見ていた。最終的にわたしたちが覚えていたのは、その枝にからまって、自分自身を落ち着かせようとする心のように震えていたゴミくずだった。

おれの話を聞いてくれよ、とアーキビストが言ったので、わたしたちは耳をすまして、声が震える様子を聞いていた。上に絞首台があって、空白の空間が下にある。そんなふうにしてゲームをするんだ、とアーキビストは言った。

鼠蹊《そけい》部に黒い斑点を見つけたときには、もう絶望的な状態だとわかる。自分自身をいたわり、健康的な食物を食べ、不健康な行動を避けていてもなんにもならない。きみは聖人になれるだろうよ、とアーキビストは言って、トポロジストに軽蔑的な視線を送った。その目はきわめて濃い褐色で、いつになく暗く、青白い顔が却って際立った。アーキビストがよく言っているとおり、サクソン族の血統だ。横痃《おうげん》という鼠蹊部が腫れる症状が出るころになると、もう手の施しようがない。

手足のひとつから別の手足へと徐々に死んでいく人が多い、とアイスマンは言った。まずつま先と爪、次に足首、脛、そしてぞっとするような死がゆっくりと、ほかの足と両の手へ広がるのだ。

口にしなくても、わたしたちは同じことを考えているとわかっていた。いくつもの夏と冬を、わたしたちは共に生き、いまも、これまでも、これからも、また一歩一歩進んでいく。そうしてようやく目にする思いがけない光景は、落葉した枝にからまって、かすかな音を立ててひとりでにふと揺れる、ゴミくずみたいなものだったりする。

大切なものだとわかってさえいれば、手を伸ばしただろうに。

Pは一ブロック向こうのハイゲート・アパートメントに住んでいた。そこのリビングルームのバルコニーからは、刑務所と大学の鐘楼が見えるし、我が家の裏口も見えた。Pはそこに独りで住んでいるのも同然だった。両親はふたりとも重要な教職についていたので、家にはちっとも帰ってこなかったのだ。にもかかわらず、両親の寝室には空調設備があった。わたしたち全員が覚えている記憶のひとつが、Pが母親のベッドに腹ばいになって、大学のレターヘッドがついた紙きれの下辺に沿ってダッシュを十本、一列に書いていた光景だ。

世界じゅうが暑くなりすぎていた。怠惰な羊飼いは迷える羊の群れを放置し、カッコウは気の毒な鳥の巣に忍びこんだ。男たちは懺悔より昼寝を好み、酒肉で腹を満たした。慈悲心はすでに冷え切っていた。誠実と信頼は熱を失い、悪意と刺々《とげとげ》しさがいたるところで燃えあがった。

わたしたちはと言うと、その暑さに圧倒されてはいたけれど、うまく対処している者もいた。ボタニストは肩甲骨のあいだを流れる汗の感触が好きだった。だがアイスマンは、もう死にそうだと思っていた。

〝X〟、と、気候がどうあれ気にしないアーキビストが言った。Pの母親のベッドでふかふかしたヘッドボードにもたれている。

〝X〟？　とトポロジストが尋ねた。どの単語だと思ってるわけ？　ハングマン・ゲームのときは、いちばんよく使われる十二文字のアルファベットから始めるものでしょ。

それって、どれのこと？　キーパーが尋ねた。

〝F〟とか〝U〟だな、とコックが言った。Pの父親のベッドの下に滑りこみ、埃の積もったベッドカバーのフリルの隙間から頭を突きだしている。

〈羊飼いの少女《リトル・ボー・ピープ》〉みたい、とトポロジストは指さして笑いながら言った。

わたしたちはみな、Pがハングマンの最初の一画目、縄を示す垂直の線を、横げたに書きたすのを待っていた。Pはそうする代わりに八番目のダッシュの上にXを書いた。

もちろん、Pが考えた単語にXが含まれない可能性はおおいにあった。わたしたちはそう思っていたのだ。でも、PはXを書き、アーキビストが有利になった。Pは意地悪だったとしても――たしかにひどく意地悪なときもあった――Pはアーキビストが好きだった。

Pがアーキビストの太もものカーブの内側に後頭部を埋め、ちょうどいい場所を探して何度も微調整するさまは、秘密でもなんでもなかった。

ベネチアンブラインドの羽板は閉じられていた。部屋は暗く、壁紙には黒っぽい鳥と蔓が描かれ、ベッドスプレッドはサテンのキルトで、シェードはほぼ黒にみえるほど濃いエビ茶色だった。わたしたちは幼すぎてそれらのものを理解していなかったとはいえ、無意識のレベルで、その部屋のエロティックなほのめかしに気づくほどにはませていた。

次の文字は？　とPが言った。

Pは指を鳴らして見渡し、誰かのほうを見た。わたしたちはあとでジー・ムーンによく似ていたと気づいたのだが、その誰かはプチ・ポワンの刺繍が施された、背もたれのない化粧用の椅子にすわって、鏡に映った自分の顔ではない何かを熱心に見つめていた。

そっちは恐ろしく静かね、とPは言った。

〝E〟とトポロジストが言った。

Pはそれを無視した。そして、本当にもう、と言った。何をやってるつもりなの？

ふたつはいっているでしょ、と化粧椅子にすわっている人が言った。ふたつの〝E〟。

そうでしょ？

これはジー・ムーンとアストロノマーが恋に落ちるずっとまえのことだ。当時のアストロノマーはまだ子どもで、窓のそばに寝転がり、アイスマンと子どもじみた殴り合いをしていた。ふたりはときどき壁に激しくぶつかって、ブラインドを揺らし、アストロノマーの顔に細い日光の筋を作った。何人かはすごく近くにいたので、アストロノマーのまつ毛が手を振るように揺れているのが見えた。アイスマンの鼠蹊部とわきの下に大きな半円の汗染みができていた。そこはまさに、あの病気の症状が最初に現れる場所だった。

外は猛烈に暑かった。あまりに暑すぎて、ある種の木々が燃えだしていた。ある種の木とは、程度の差こそあれ手の形に似た葉を持つ木々、マロニエやカエデやプラタナスだったが、なぜそうなったのかは永遠の謎だ。ふいにサイレンが鳴りはじめた。

当然ながら、わたしたちはなんのサイレンだろうと思った。火事や気候による災害はよくある。ナニーによると、爆弾や隕石など、天から降ってくるものは、いつ落ちてきても不思議はないらしい。人もそうだ。とくに肉体に遺伝する病のことを考慮すれば、あとになって危ないとわかる人もいる。父はわたしたちに、誰にも彼にもドアをあけないようにと警告していた。ちょっと触っただけでも致命的になることがある。なぜある場所は別の場所より、ある家は別の家より大きく影響を受けるのかはいまだに明らかではなかった。すべての通りが、同じように影響を受けるわけではないし、通りの両側や、隣りあった家でも、天からの影響をみな同じように受けるわけではなかった。わたしたちはこのことを知っていた。近所の様子はわかっていた。月食の影響は、何時間もの暗闇と同じく、何カ月も続いた。夕食のまえよりあとのほうが、ずっと多くの死体が墓場に運ばれた。

まあ、いったいどうしたの、とボタニストが唄った。小さいころはきれいな声をしていた。母さんはボタニストをステージに立たせるつもりだったけれど、声がだんだんハスキーになり、いまのように美しく成長してくると、ボタニストは見られることを楽しまなくなった。

まあ、いったいどうしたの

まあ、いったいどうしたの

まあ、いったいどうしたの、とボタニストは唄った。

このとき、刑務所で脱獄事件が起こっていたが、わたしたちは知る由もなかった。その刑務所はセキュリティがそれほど厳重ではなかったため、囚人はしょっちゅう逃亡していた。刑務所のサイレンはずっと止められたままだった。それに、どのサイレンも同じように聞こえた。

アイスマンが立ち上がって、ブラインドの羽板をあけ、誰かが角を曲がって走ってくる、とわたしたちに言った。あんまり速くてぼやけて見える。いや、ぼやけているのは熱気のせいかもしれない。熱気のせいで外のものがみなひらひら揺れて、吹き飛ばされて灰になっているのかも。きっと男だ。肩の広さと腰の幅からアイスマンは判断した。明らかに男の身体つきだ。けれどもキーパーは、そんな身体つきの女もいるけど、と釘を刺した。スポーツが好きな女。いつでも駆けっこで男子を追い抜いたジオグラファーみたいに。

ジオグラファーは、昼寝中で、サイレンが鳴っているあいだも眠りこけていた。わたしたちの知るかぎり、ハルマゲドンの最中でも眠っているだろう。Pの父親のベッドの足側で身体を丸め、両手の上に頬を乗せ、口をあけて鼾《いびき》をかいている。

大きくなる国家もあれば、力を失う国家もある、とアイスマンは言った。そしてあっというまにレースの形勢が変わり、ランナーみたいに、命の灯をリレーする。

そうしているうちにPが鼻血を出し、赤黒い点々が母親のベッドスプレッドに垂れた。Pは寝具を汚したことを気にしておらず、むしろおもしろがっているみたいだった。

ちょっと通して、とキーパーが言った。化粧台にあったベルベットのカバーが掛かった箱から片手いっぱいにティッシュをつかみ、窓の前の床にまだ寝そべっているアストロノマーの大きく広げられた腕と足をまたいでよけた。

あの男、おれたちの家にはいっていくぞ！　とアイスマンが言った。

誰が？　とアストロノマーが尋ねた。

アストロノマーは振りかえり、窓ではなく、化粧台の鏡のなかの顔を見た。そして、わたしたちは、自分たちでは開始を指定できない旅のスタート地点に、彼が着くのを見ていた。わたしたちそれぞれの内側にさえ、小さなコブができはじめていて、それぞれのコブのなかには、ひとつの寿命があった。Ｐは母親のベッドから身体を起こした。鼻血のせいでわたしたちが油断したちょうどそのとき、太陽がゆったりした巡回をアパートメントの向こうで終え、月と星々に道を譲った。

それは大晦日《おおみそか》だった。多くの人がすでに、職業訓練校《ヴォケーショナル・スクール》の周りの芝生にブランケットを広げていた。例年どおり、花火を見ようとやってくるのだ。しばらくのあいだ、コックがその学校に在籍していたので、その当時は、屋根の上の換気扇に近い平らな特等席を取ることができた。連れていってくれたのは父だった。母は美しく儚《はかな》いものを愛でるべきだと言っていたが、それらと同じくらい騒音と人混みを嫌っていたからだ。

マホガニーのテーブルの上に落ちたミモザの黄色い花びら。そういうものを母は愛した。我が子のことも同じく——つまり、大きくなるまでは。

アストロノマーは自転車に乗っていた。あらゆるものから逃れるために長い距離を走ってきたが、それでもまだここに、職業訓練校の裏手にいた。膝のあたりがこわばり、腰が痛んだ。最後にここに来たときからずっと、うしかい座ボイドという宇宙にある空洞の研究に打ちこんできた。それは宇宙空間の一部で、そのなかに粒子がはいって数百万年後に出てきても、まったく同じようにみえるのだ。彼の説明によると、もうあまり時間がなかった。宇宙がボイドにしてきたように思える方法で、ボイドが宇宙自体を空っぽにしつつあるからだ。

徒歩でぶらぶらすることもあれば、バスや電車で出かけることもあった。車を持ったことはなく、フロートつきの水上飛行機であの入り江に降り立ったときは別として、飛行機にはほとんど乗ったことがない。いちばん好きなのは自転車で、どこへでも乗っていった。どこへでもねえ、世界は広いわよ。ジオグラファーは両手で形を作った。あるいは、たいして広くないとも言えるわ、とトポロジストは言った。

花火が開始できるくらい空が暗くなってきた。暗かったが、その暗さは、哲学的な見解が直感に裏打ちされているように、裏側に一枚、光の膜が裏打ちされているような暗さだった。アストロノマーは自転車を押して、敷かれたブランケットのあいだを進みながら、知っている顔がないか目を走らせた。もちろん、あれからずいぶん経っていたから、見覚えのある顔は見当たらなかった。

一か八か、学校の建物にはいって屋根に登ってみようと決め、格子柄のブランケットの上にすわり毛皮のマントをはおっている女の横を通り過ぎようとしたとき、声を掛けられた。

「あら、こんばんは、ハンサムさん」女は言った。最初は独りなのかと思ったが、かたわらに顎鬚の男がいた。男はブランケットの上で手足を伸ばして寝ころび、目を大きく見開いて空を見ていた。

女のマントはリスの毛皮でできていて、フードがついている。アストロノマーから見えるのは、丸みのある顔のラインと、シャンパンのはいったフルート・グラスを口へ運ぶ手袋をしていない片手だけだった。「おすわんなさいな」女はそう言って、ブランケットをポンポンと叩いた。

女にくっつくようにしてすわれば、充分すわれそうだったが、そうでなければ、両足にシャンパンボトルをしっかり挟んでいる鬚の男の身体のどこかを敷くことになるだろう。

「あなたの気の毒なお母さんが、いまのあなたを見たら、きっと誇りに思うでしょうね」女は言った。シャンパンを飲みほそうと頭を後ろに傾けたとき、フードがするりと脱げて、顔がよく見えるようになった。「ヒントが欲しい？」女は尋ねて、小さな声で唄うように言った。「スロー、スロー、クイック、クイック。どう、思い出した？」

近寄って女をじっと見つめた。アストロノマーはわたしたちのなかで、いちばん視力が良かったけれど、顔を覚えるのはいちばん苦手だった。

「最初の兆候《トークン》は」と、女は言った。「最初のトークンは、天候が急変したとき」

女がそう言ったとたん、天に星々の傘が開いたかと思うと、雫《しずく》となって降り注ぎ、夜を明るく染めた。追いかけるように大きな破裂音が響きわたり、ほうぼうで歓声があがった。

「ああ、ミセス・チャリフ」アストロノマーは言った。


どこかの時点でわたしたちはみな、ミセス・チャリフの社交ダンスの授業を取った。わたしたちのなかには泣きだす子や蕁麻疹が出た子もいた。不思議なものだが、懸命に努力したところで、みんなが同じように踊れるわけではなかった。けれどもアストロノマーは――アストロノマーは本当に輝いていた。いつも空ばかり見ていて、足元に気をつけていなかったので、わたしたちは彼のことを不器用だと思いこんでいたが、むしろアストロノマーほど優雅に踊れる者はいなかった。夢心地になるようなダンスを披露して、いくつも賞を獲得した。ステップは軽やかで、地球とその重力には彼を引き留める力がほとんどないみたい、とキーパーは言った。アストロノマーが引いたタロットカードの番号は〝愚者〟のゼロ。タイツとダブレットという上着を身に着け、崖の上を歩こうとしている若者だ。

ミセス・チャリフはダンスのステップを実演するとき、ミスター・チャリフがその役目を充分果たすはずだったのに、毎回アストロノマーをパートナーに選んだ。当時のミスター・チャリフは顎鬚がなく、背が低く太っていたが、いっぽうアストロノマーはそのころから背が高く、スーツ姿は颯爽としてみえた。

ジー・ムーンはよく彼と踊らされた。つまり、ミスター・チャリフのほうと。

女子がそれぞれフロアの中央に靴を置き、王子が靴を選んで踊る相手を見つけるというシンデレラを模したダンスがあった。Pは小柄なわりに足が大きくて不利だった。わたしたちはおとぎ話を読んで知っていた。足が大きい人は指をみな切り落とすか、かかとを切り落とす羽目になる。

シンデレラが履いていたのがガラスの靴でなければ、リスの毛皮で作られた靴だったかもしれない。リスの毛皮は、シルクロードの行商人が扱っていた日用品としてよく知られていた。リスの毛皮はベールと呼ばれ、ガラスを意味するフランス語とよく似ている。これがガラスの靴というアイデアの由来だ。

「気の毒なお母さまのことは聞きましたよ。本当にお気の毒だったわね」ミセス・チャリフは言った。「話を聞いたときは、誰もがひどくショックを受けたようでした。あなたたちが知らない人を家に入れたときに起こったとか」

アストロノマーは、なんの話かさっぱりわからなかった。とはいえ、繰り返すようだが、アストロノマーは地球上で起こっていることはよく忘れてしまうのだ。サイレンの音や、枕カバーについていた血の丸い点々は覚えている。丸いスミレ色の星々が膨らんで、紫色の円になり、赤い舌がパッと現れ、どよめきが聞こえた。でもこれは花火だ。

「四番目のトークンは、星が降っているようにみえるとき」とアストロノマーは言った。「そして、大気に有毒な蒸気が満ちる」

わたしたちはトークンを、ひとつひとつ、すべて知っていた。天候、暗闇、ハエ、星、稲光と雷鳴、風。わたしたちはそれを知っていたし、やれと言われれば暗唱することもできた。

「わたしたちの家にいらっしゃいよ。来てくださったら、ミスター・チャリフもわたしもすごく嬉しいわ」ミセス・チャリフは自分が飲んでいたシャンパンのグラスをアストロノマーに渡して、飲むようにとうなずいてみせた。

アストロノマーはけっして大酒飲みではなかったが、ジー・ムーンの前では、いっさい飲まなかった。シャンパンの最初の一口で、それまで味わったことがないほど強い郷愁に打たれた。ボールルームの磨かれた床が脳裏によみがえる。部屋の隅の青い非常口のサインや、通りからはいったところにあるコート掛けの列、ミスター・チャリフが大事にしているレコード・プレイヤー、天井から下がっている大きな円盤型の電灯。ミセス・チャリフはかなり小柄で、青緑色の茶会服を着ていた。パーマをかけていたが、そのせいでますます誰よりも年上であることが際立った。でも、ミセス・チャリフは美しい顔をしていた。五番目のトークンは、彗星が現れるとき、とコックが言った。物思いにふけりながら窓のほうを見ているが、外は暗すぎて何も見えず、ただ、あたりを覆う雪が奇妙な光を放っている。コックは妻のことを考えているのだと、わたしたちにはわかっていた。妻は病の底なし井戸の底に達するのに数年かかり、とうとうそうなったとき、夫に何か言いかけて口を開いたが、言わねばならなかったことがなんであれ、言葉は深く沈みこみ、そもそも妻が何ものだったにせよ、その原始スープのなかに引き戻されてしまった。

全部で七つ。ペストと呼ばれる〝疫病のトークン〟は七つあった。

でもなぜ、番号をつけたのだろう。なぜトークンと呼ぶのだろう。

トークンは乗車券代わりのコインで、昔よくポケットに入れていた。学校に行くとき、いつも路面電車の料金箱に入れたものだ。わたしたちが成長し自分で購入できるようになっても、ナニーはいつもどっさりこのトークンを持たせてくれた。ポケットにトークンを、茶紙の袋にはツナサンドを。生命のようなものから、なぜ仕組みを作りだそうとするのだろう。星が流れようととどまろうと何をしても、病気はやって来るのに。

花火はいつものように、暴力的なまでの多彩な色の積み重なりと激しい破裂音との共演で終わった。人びとはみな荷物をまとめ、ゆっくりと主要道路のほうに移動する人波へ溶けこんでいく。路面電車はまだ走っていたが、本数も停車駅も少なかった。脇道に車を止めていた人や、それほど遠くまで歩かなくてもいい人もいた。チャリフ夫妻は近くの細い裏通りに面した半戸建ての石造りの家に住んでいた。ボールルームの豪華さからするとこの家はひどくつつましくて、アストロノマーは驚いた。

夜のかなり遅い時間だったが、ミセス・チャリフはターンテーブルにレコードを乗せ、リビングルームの中央に立ち、腰に両手を当てて左右に身体を揺らした。

コックは天を仰いで言った。あの音楽を生み出したのは誰なんだ？　キーパーはため息をついた。わたしの足はいちばん小さくはなかったけど、とアストロノマーに向かって言った。でも、いちばん下手ではなかった。わたしを選んでほしかったのに、あなたにはいつもすでに相手がいた。

トポロジストは足が小さかったが、ダンスはいちばん下手だった。いずれにしろ、アストロノマーに選択の余地はなかった。ミセス・チャリフを拒めるわけがなかった。

それは子どものころのこと。いっぽういまは、充分歳を取ったし、なんでも拒むことができるが、拒否したところでいまさらなんにもならない。

あの曲はなんて言うんだっけ？　ウォームアップによく流していたあの曲は？　アイスマンが聞き覚えのあるメロディをハミングしはじめた。ボタニストに手を差しだして、踊ろうと誘った。ただし、決めポーズは期待しないでくれよ。

ほぼ即座に、残りのわたしたちもその曲に反応し、気がつくと踊りだしていた。神話に出てきそうな、身体がひとつで足が四本、頭がふたつある動物たちがいっそう暗い影を作り、グレート・ホールの暗闇を満たした。アストロノマーはジー・ムーンの背中に当てた手に力を込めた。ジー・ムーンの腹は膨らんできていたが、床を縦横に動くふたりの身体は完璧にシンクロしていた。彼はずっとわたしたちから離れようとしていたのに、わたしたちはいままでそれに気づいていなかった。

どんな感じだったか覚えてる？　キーパーが言った。窓の外を見られたら、世界の果てで踊っている、この場所にいたるまでのすべての道が見えるでしょうね。

頭上の空は、流動的でむくむく膨らむ隠れ蓑を広げ、そこに星が穴をあけている。もちろん、本当の星はそういうものではないが。

自分たちのことを思い返している自分たちを思い返す。これは〝閉路〟と呼ばれる。開始地点をどこにするかは重要ではない。重要なのは同じ順序で辺を巡ることだ。両の目は探している。肌の黒い点を。ナップザックのなかの密航者を。小さな刺咬者を。ある位相《トポ》幾何学者《ロジスト》の男がずいぶん昔に、故郷の町にある七つの橋を渡っているとき、このシステムを解明した。

チャリフ家の二階には一本の細い廊下に面して三つの寝室がある。階段を登りきったところに、ピンクのタイル張りの小さなバスルームがあった。ミセス・チャリフはアストロノマーを主寝室のすぐ横の部屋に案内した。アストロノマーは、初めてバスルームを使うとき、控えめにドアをノックした。応答がなかったのでドアをあけると、ミセス・チャリフが便座にすわっていた。「気にしないで」ミセス・チャリフは言った。

いっぽう、犬のことではちょっと驚かされることがあった。その家に暮らして一週間ほど経ったある朝、アストロノマーがキッチンに行くと、中型でブロンドの長毛種の犬が裏口で、入れてくれと哀れっぽい声で鳴いていた。ミセス・チャリフはバスローブ姿でポットにコーヒーを淹れていて、気づかない振りをしていた。「ああ、あの子ね」アストロノマーが尋ねると、答えた。「知らんぷりしてたら、行っちゃうから」犬の名前を尋ねると、信じられないという顔で見られた。ドアのほうを振りかえったときにはもう、犬はいなくなっていて、代わりにミスター・チャリフが朝刊を手に立っていた。

転生には四つのモードがある。わたしたちはこれが、この四つどれもが、何かをなかに入れるひとつの方法なのだと知っていた。

その最初のしるしは、水面にあなたの姿が映らないとき。つまり、身体の影がなくなったときだ。そういうときは、それまで以上に気持ちを引き締めなければならない。馬を手綱で操るように、一心に集中する必要がある。そうでなければ目をあけたとき、生き物のなかでいちばん下位の、子犬の姿になっているかもしれない。


わたしたちが育った家の近所には何匹か犬がいたが、この移民用施設にいる犬の様子とはそれぞれ違っていた。近所の犬たちの多くは、わたしたちの足にせっせとまとわりついているときでさえ、悲しそうな顔をしていたが、移民用施設の犬たちは一様に楽しそうで、走っているときはとくに嬉しそうにしている。犬たちはいつまでも走っていられたし、何より走るのが好きだった。わたしたちと違って、食べ物への欲求以外に目的意識はない。寝ているときでさえ足を動かしつづけて、わたしたちが翌日進む場所をまえもって歩くのだ。小さくてかぼそい鳴き声や、興奮した高い声で互いに話もしている。

Pは犬を飼ってたんじゃなかったっけ？　とトポロジストが尋ねた。

あの犬は安楽死させられたんだよ、おれ覚えてる、とアイスマンは言った。

子どもを噛んだのよ、とキーパーが言った。少なくとも親たちはそう言ってたわ。ハイゲート・アパートメントの一階下のフロアで。

Ｐはあの犬が大好きだった、とアーキビストは言った。何よりも愛していたな、とコックは言った。ぼくらよりも。でも、嚙まれた子どもってい、いおまえじゃなかったっけ。

アストロノマーの知るかぎりでは、チャリフ家の犬は誰も嚙んでいなかった。ただ折に触れ、アストロノマーへの嫌悪をあらわにした。すごく低くて、ほとんど聞こえないくらいの声を発して。ほとんど聞こえないところがいっそう恐ろしかった。犬を散歩に連れていきましょうか、と初めて申し出たとき、ミセス・チャリフは狼狽《ろうばい》した様子で答えた。「どんな厄介ごとになるか、わかったもんじゃないわよ」ふたりはダンスの練習に励んでいた。年間ボールルーム・チャレンジの日が迫っていた。タンゴに欠点はなかった。フロアクラフトは抜きんでていたが、表現力が弱かった。いつもは、ふたりきりで練習していたが、ときどき犬が現れてじっと見ていることがあり、そういうときミセス・チャリフは、リズムをキープできなくなるようだった。

すごく遅い時間なのか早い時間なのか、わからなかった。窓はあいていて、淡緑色の蛾がアストロノマーの顔にまっすぐ飛んできた。翅はクモの糸のように繊細だが胴体は密度がしっかりあって拍動している。そのうち、巨大な金色の目玉みたいな太陽が昇り、東の空に光がすっと広がった。

それはわたしよ、とジー・ムーンが言った。

え、どれが？　アストロノマーが尋ねた。

蛾よ、わからなかったの？　わたしは紫微垣《しびえん》にある故郷から来たのよ、とジー・ムーンは言って、空のほうを指さした（紫微垣は古代中国天文学で天球上を三区画に分けた三垣の中垣、うしかい座はこの区画のなかにある）。うしかい座の。あなたもそこから来たのよ、覚えてる？　宇宙の巨大な空洞《ボイド》から来たの。ちょうどあの瞬間にわたしが飛んでいってなければ、わたしたちがどうなったか誰にもわからないでしょうね。

どうやって蛾になったんだい？　アイスマンが尋ねた。

オオミズアオよ、とジー・ムーンは言った。

オオミズアオは一週間しか生きられないよ、とボタニストが言った。成虫の目的は繁殖だけ。口さえもないの。

だから？　とジー・ムーンが言った。

ジー・ムーンはボタニストの手を取り、その手で自分のお腹の曲線をなぞらせた。

実をいうと、ジー・ムーンを目にしたとき、もろく儚げなのに、重力と同じくらい紛れもない確たる力がほとばしっていることを、認めないわけにはいかなかった。彼女の肌は、ごく淡く緑がかっていて、青白磁の水滴にも似ていた。シルクロードのあの距離をわたしたちと旅したものの、最終的にはバチェラー・チェストのいちばん上の引き出しのなかでビー玉に紛れて最後を迎えることになったあの水滴と。あれは宝物だった。つらい道のりを思い出すための記念の品だった。生得権の証であり、しかも、墨を湿らせるために使うこともできた。

　このときは、わたしたちが揃って出かけた初の小旅行ではなかった。わたしたちは、出かけた先にカフェや市場や、心温かい宿屋の主《あるじ》や誰にも踏み荒らされていないトウモロコシ畑があるとわかっていても、あらゆる可能性に備えてつねに周到に準備をした。道にはかつてほどの数の巡礼者はいなかったが、新たに出された夜間外出禁止令や天気の悪さなどを考えれば、無理もない。吹雪のない冬、うららかな日のない春、暑くない夏を予感させる恐ろしい前兆が問題だった。脱獄のニュースはまだわたしたちのところに届いていなかったが、それは疑いなく、旅行に影響を及ぼした。ほぼ確実に母はそのことを知っていたが、わたしたちは知らなかった。ただ、母はみんなから遅れがちで、いっぽう残りのわたしたちは前のめりに進んでいたことはわかっていた。

　いつもわたしたちの最後尾にいたアイスマンによると、母は余ったソーセージを食べたりボトルに残ったワインを飲んだりしながら、ケルンに何かしていたらしい。石をひとつ足したか、石をひとつ抜いたか、あるいは全部ばらばらにしたか——はっきりとはわからないけれど、とにかく、母はケルンに何かをしていた。何事も原因なしに生ずることはなく、万物の混乱は偶発的に引き起こされるものではない。

家から遠く離れるほど、空が暗くなった。風は南から吹き、筋肉を弱め、身体に不調をもたらし、脳を湿らせ疲弊させた。当初、わたしたちの多くは、慣れないこってりした食べ物や、鉄瓶からすくった黒っぽいポタージュスープなどを食べ過ぎるほど食べた。それは、飢えの経験からくる食べっぷりではなかった。むしろ王様みたいにつねに何かを口にしていたのだ。いや、つねに、ではなかったかもしれない。最後はそうではなかったかもしれない。小さなおうち、小さなナイフとフォークとスプーン。でも、あれはまだ起こっていなかった。

その土地では窃盗が横行していた、とジオグラファーは言った。野生の獣もうろついていた。わたしは測量をやめたかったけど、誰もそうさせてくれなかった。

ああ、測量ね、とキーパーは言った。本当にそうね。キーパーはジオグラファーが言ったことはなんでも肯定する。キーパーはわたしたちの誰よりも年長で、母親より母親らしかった。相談を持ちかけたくなるようなどっしりした体格で、発酵したパン生地と雨に濡れた土が混じったような匂いがした。髪は長く、白髪で、よく三つ編みにしていた。

いっぽう、わたしたちの母は、香水のような、快楽のあとに体腔から発散される、濃密で空虚な匂いがしていた。母の香水は高価で、わたしたちはその瓶に触れてはいけないと言われていた。一度、わたしたちのなかのひとりが、母みたいな匂いをさせるために、頭皮に数滴ふりかけ、残りのわたしたちもそうせざるをえなくなったことがあった。それでも、わたしたちは平等ではなかった。それはわかっていた。母がおやすみのキスをしてくれるときも、みな同じではなかった。母は男勝りだったがおっぱいは大きかった。その身体をかがめて、真っ赤な唇で、わたしたちそれぞれにおやすみのキスをした。

女の店員さんに、すばらしいバストラインですねと褒められてた、とボタニストが言った。

後ろに立って見上げると、スカートのなかが見えたな、とコックが言った。ストッキングの上にはガーターベルトがついてた。

母のワンピースは短くてぴったりしてて、だいたい赤か黒だった。かなり中国ふう《ア・ラ・シノワーズ》だったわね、とジオグラファーは言った。

彼は手を上に這わせてた、とアーキビストは言った。母がそうさせたんだ。手をすっかりスカートのなかに入れてたよな、とコックが言った。

わたしたちは注意深く道を選ばねばならなかった。どこかの時点で、しばらく歩いた砂だらけの轍をあとにして、森のなかにはいった。わたしたちの目は、暗闇と、ほかの監視の目に慣れるのにしばらくかかった。小さなゲートを通り抜けたあとまもなく、別のゲートを通った。木々の多くは、古くて象の皮のようになめらかな継ぎ目のない灰色のブナだった。トネリコの木もあったが、何かの役に立つほど充分な数ではなかった。問題は、それらの形状にどのような種類があって、どの程度の違いがあり、それがいかにして物事の始まりになるのか、形の多様性によってどれほどの変化があるのかを理解しなければならないことだ。わたしたちは新参者でもあった。マントの下の皮膚はやっと密度を獲得しつつある。最近になってやっと、自分たち自身をそれぞれ区別できるようになったばかりだ。トレイルはふたつの家のあいだを急勾配であがっている。黒と白のまだら模様の数羽の鶏がわたしたちを出迎えてくれた。ふたつのうち小さいほうの家から誰かが呼びかけてきた。待って。ニュースだ。逃亡した誰か、何かが……わたしたちは足を止めずに、坂を登りつづけた。

　母さんが知っていたら、とボタニストは言った。ボタニストはいつも母さんの肩を持ったが、それはボタニストが魅力的な身体つきをしていたからだ。母は見目がいいほうを好んだ。母さんはけっしてわたしたちを危険なところへ連れていったりしなかったよ、とボタニストが言うと、トポロジストが天を仰いで言った。もう、いいかげんにしてよ。

ワインの風味が飛ぶとき、または香油の芳香が大気に拡散するとき、あるいは身体から香りが消えゆくときのごとく。

わかった、わかった、とコックが言った。おそらく、母さんはぼくたちを危険な場所へは連れていかなかった。でも、ドアに鍵を掛けなかったし、その鍵を投げ捨てたんだ。

もちろんわたしたちは、母がずいぶんまえに刑務所に関するこの話をしたことを覚えている。ただそのときの話では、ドアの鍵は閉まっていた。

それはわたしたちみんなが共通してもっている記憶だ。おそらくそれは、母がわたしたちに感じていたことと正反対だったからだろう。

自分の翼で飛んでみてほしかったんだよ、とボタニストは言った。

墜落させたかったのよ、とトポロジストは言った。

わたしたちはようやく高原に着いた。雨と風で周りの様子がまったく見えなかった。雨と雹とうなる風。それと雪も、とアーキビストが言った。雪を忘れるなよ。ふいに鐘の音が聞こえた。わたしたちみんなに聞こえた。鐘の音は鳴って、鳴って、鳴って、止まらなかった。

アンジェラスの鐘じゃない。もうこのときには、わたしたちはアンジェラスの鐘の聞きわけかたを知っていた。

人の死を知らせる鐘だな、とアーキビストが言った。一回が一年で、死者の年齢の数だけ鳴らされるんだ。

誰もそんな歳まで生きられないわよ、とキーパーが言った。

何言ってるのよ、とトポロジストが言った。あの鐘はマリアよ。きっとこの近くにドメリがあるはず。

ドメリというのは病院だと聞かされ、わたしたちはみな一様に安堵した。

マリアは〝迷子の鐘《ベル・オブ・ロスト》〟で、十三世紀に造られた。どうやら鐘にも名前がつけられることがあるらしい。裕福な巡礼者がオーブラックで道に迷い暴漢に襲われたが、命拾いしたことに感謝してドメリを建てさせた。そこに書かれた言葉によると、鐘は神を称え、悪魔を追い払い、道に迷った者を家に呼び寄せるために造られた。

まさにぼくたちのことじゃないか、とコックが言った。

わたしたちのうち誰かひとりでも、コンパスを持参しようと考えていれば、助けになっただろう。誰かひとりでも、自分たちのしていることにもっと注意を払っていれば、助けになっただろう。この探検旅行は母さんのアイデアだった。母さんこそが、何をすべきか教えてくれると、わたしたちがあてにしていた人物だった。後戻りはできない。わたしたちの足跡は、なんであれ空から降ってくるもののせいで、跡がつくが早いかかき消されてしまう。それに、とアイスマンは言った。どこに帰るって言うんだ？　物事は無に戻らず、万物は破壊されたのち、ただもとの物質に戻るのみ、だよ。

　わかる言葉で話してくれたら助かるんだけど、とキーパーが言った。

　いまやわたしたちがあてにしているのは、トポロジストだ。オーブラックのどこかのカフェ・テーブルにガイドブックを置いてきたことを覚えていたのだから。聖人はルートに沿ってあらゆる場所に聖堂を配したが、わたしたちはしばらくそれに出会っていなかった。というより、しばらく何にも出会っていなかった。わたしたちは誰もみな、旅の装備が不十分だった。わたしたちの指は、眼鏡を拭いたり、マントのボタンを留めたりといった、ごく簡単な作業をこなすことができなかった。鐘は鳴りつづけているが、音のほうへ近づけば近づくほど、音がぼんやりしてきた。いっぽう、風の音だと思っていたうなり声が、どんどん大きくなってきた。

　これがまさしく、おれが言おうとしていたことさ、とアーキビストが言った。犬の頭をした野獣が野放しになっているんだぞ、とズボンの裾をあげて噛み痕を見せた。誰もおれの話を聞いてくれないけどさ。

　わたしは聞いてるわよ、とジオグラファーは言って、噛み痕をもっとよく見ようと身をかがめた。

トポロジストはアーキビストの手を握り、目をじっと見つめた。落ち着いて。息を吸って、吐いて。ジー・ムーンが教えてくれたとおりに。

もちろん、どこにも存在しないという概念は、存在しない近傍にいるという概念と同様に、トポロジストにとっては簡単なことだった。存在しない近傍にすわっていたとき、スウェーデン人が靴を振って小石を取りだしているのに気づき、一緒に行こうと誘ったのだ。トポロジストの見方では、彼女とスウェーデン人は、それぞれ存在しない近傍によって分離された別々のポイントにいた。幸運にも、ふたりがワインを分けあおうと決めたのは、一日のうちの充分遅い時間だった。あるお祭りの真っ最中で、オーブラックのすべての牛が草をはみ、繁殖するために高原に放されていた。まもなく、トポロジストとスウェーデン人は金色に輝く牛たちに囲まれた。牛の頭には花飾りがついている。その年の春は遅かった。一頭の牛が近寄ってきて、ふたりを見つめた。牛の吐く息が見えた。

動物たちは瞬間に存在するのよ、とジー・ムーンが言った。それは共通してるわ、野獣でさえも。

犬の頭をした野獣に関して問題なのは、あまりに多くのさまざまな瞬間に存在するので、存在していないように思えてくることだ。

わたしたちは普段よりもトポロジストの近くにいた。触れられたくないと何度も言われていたので、近づきすぎないよう注意して。いつのまにか、わたしたちは細くて流れの速いせせらぎに沿って歩いていた。この川は蛇行しながら、ほぼ完璧な円形の湖に注いでいる。湖自体は見えなかったけれど、ドメリはこの湖のちょうど向こう岸にあることはわかった。鐘はくぐもった音で鳴りつづけていて、音を聞いているというより、身体から血がどくどく流れでているような、あるいは母の胎内に戻って生まれるのを待っているような気がした。

トポロジストは聖堂を出たあと何があったのか話したがらなかった。わたしたちの大半は、なんにせよあのスウェーデン人が関係していると確信していたが、スウェーデン人があの日聖堂でわたしたちと一緒だったのか、それとも聖堂を出たあとトポロジストと出会ったのかについては、大きく意見が分かれた。わたしたちのなかには、彼らしき人を見た覚えがあると考えている者もいた。深緑色のレインポンチョを着た見目の良い男が、聖ロシュに捧げる蠟燭に火を灯していたと。だからといって、スウェーデン人がすでに病気になっていたとはかぎらない。

実のところ、それはわたしたちの誰でもありえた。わたしたちはみな、脳の柔らかな腫瘤の周りで頭蓋骨が縮んでいくような不快感を味わいながら、風の絶大な力で海水を湧きたたせるように、思考を追い払った経験があった。

あたしなら彼を助けられると思ったの、とトポロジストは言った。病院まで連れていきさえすればって。

そうよ、とジオグラファーが言った。病院よ。

みな同じことを考えていた。病院なら何かしら、ためになることをしてくれると。

ところで、おれたちもその問題を抱えてるよ、とアーキビストは言って、またズボンの裾をあげた。

ボタニストは腰をかがめて、アーキビストが言うものを見た。なんだか見てくれが気に食わないな。

ぼくも。コックはそう言ったが、これはまちがいなく冗談だ。

この状況では、何かを見るのはむずかしい。夜は飽和状態まで水を湛《たた》え、月は雲隠れし、風は重いマントを翼のように広げさせ、はためかせた。

わたしたちは湖の縁を慎重にたどらねばならなかった。最初から足元は滑りやすかったが、ごく最近の降雨量を考えると、この道はいまや危険に満ちあふれていた。キーパーはなかでも機敏さに欠けていたので、ジオグラファーの腕にしがみついていなければならかった。そうされていなければ、ジオグラファーは先頭に立って誰よりも速く進み、駆けだしてさえいたかもしれない。キーパーがいなければ、ジオグラファーはいまごろどこにいるか、誰にもわからなくなっていたかもしれない。

そのあいだにもドメリは、大きく揺れ動きながら岩石のブロックをひとりでに積みあげ、いくつかのブロックをわたしたちのほうへぐいぐい押しだし、横へ横へ、また上へ上へとどんどん積み重なり、とがったタレットのある、ありえないほど背の高い塔になって現れた。その隣の背の低い建物は、動物が伸びをしているみたいに、誘うように横に広がった。何もかもが濡れて、黒々としていた。月も星も出ていないのに石が光っていた。病院はわたしたちのすぐ目の前にあった。あとはただ、はいっていけばいいだけだ。

トポロジストは病院の壁伝いに進みながら、壁の石に指を這わせた。どこかに扉があるはずよ、とトポロジストは言った。もともと小さなものは、ありえないほど小さな開口部を通っていく方法を知っている。小さいことの利点のひとつね、とジオグラファーは言った。蚤みたいに肉眼ではあまりよく見えないものが、歴史の方向を転換させることがある。

ナニーと鼠のこと、覚えてる？　とボタニストが言った。

一匹しかいないと思ってたんだよな、とコックが言った。名前をつけてた。なんだかセレブっぽいやつ。マイルスだ。

そしたら、バスケットのなかにマイルスが赤ちゃんを産んでさ。

ナニーは、マイルスがどうやってなかにはいったのか、ずっと不思議がってたよね、とトポロジストが言った。

まさにそれが問題だよ、とコックは言って、病院を指さした。

でも、トポロジストは思い出せなかったのか、言いたくなかったのか。あのときは小さな犬がいたのだ。小さな犬が、スウェーデン人の荷物にあった肉に引き寄せられ、聖堂からあとをついてきて、病院に着くと駆けていき、一声吠えた。その場所に扉があった。

きっと見つけにくい場所にあるのよ、とトポロジストは言った。石に紛れているんだわ。あけるには扉を押さなくちゃならない。車についてるアッシュトレイみたいに。押しさげ、るの。

次に起こったことは、わたしたちみんなが知っている。ボタニストが消えたのだ。

わたしたちは、人が消えることに慣れっこになっていた。たとえば母がそうだ。一瞬まえには、唇の上の透明で薄い産毛が見え、卵の匂いが混じった息が嗅げるほどすぐ近くにいたのに、次の瞬間、いなくなっていた。母さんはすばしこかった。いまにも廊下を歩くヒールのカツカツいう音が聞こえてきそうな気がする。そのことについては、不思議なことは何もないよ、とアイスマンは言った。母さんは子どもなんて欲しくなかったんだ。おれたちが母さんの生きかたを狭《せば》めたから。おれは、あの男と一緒にいるところを見た。母さんの太ももは翼みたいだった。きっと飛びたかったんだよ。覚えてる？　飛ぶレッスンを受けさえしてたんだから。モーニング・ルームにはいるとすごく暗くて、浮かんでいるのか落ちているのかわからなかった。アイスマンは吠える口を持つデーモンの夢を見たことがあって、わたしたちは大人になってから、その話を嫌というほど聞かされていた。アイスマンは、身体は大きいが、心《プシケ》は驚くほど繊細だ。すぐ傷ついてしまう。だからアイスマンの近くで話をするときは、言葉に気をつけていた。ボタニストは彼のお気に入りだったのに、いまはもういない。

あの子ならどうしたかな？　アーキビストは次々に石を押してみたが、なんの変化もなかった。

サーディンズ（隠れた鬼を見つけて一緒に隠れていき、最後まで見つけられなかった人の負け、という遊び）をしてたときみたいね、とキーパーは言った。いると思ってたのに、いきなりいなくなる。

すると、それまで以上に寂しくなるのよね、とジオグラファーが言った。

ナニーの部屋まで階段を駆けのぼったこと、覚えてる？　とキーパーが尋ねた。

裏階段は、ほの暗い灯りがついていて、ねとつくワニスとベビーパウダーの匂いがした。壁紙は剝がれかけ、バラの柄のなかにライオンの顔が見えた。その階段では遊んではいけないと言われていた。その階段を使うのはナニーだけで、ナニーは好きなときにわたしたちの部屋にはいることができたが、わたしたちはナニーの部屋にはいってはいけないことになっていた。ナニーの部屋は、家のほかの部分とは違う匂いがしていたし、ナニーの持ち物は我が家のそれとは違っていた。コックがシャツの上からナニーのブラジャーを着けたときは、ぎょっとさせられた。

ナニーの部屋は小さかった。隠れ場所を見つけるのはもちろん、一度に全員が部屋にはいることさえむずかしいように思えた。

ナニーの持ち物は、おれたちのほどいいものじゃなかった、とアーキビストは言った。身の回りのものはディスカウントストアで買ってたよな。

ナニーは女の靴みたいな形の皿にキャンディを入れてたね、とコックが言った。神様も信じてた。

まったく期待していなかったタイミングで、空が明るくなった。まるで新たな演目が始まって幕があくみたいに。月も新たなフェーズにはいり、それまで見たこともない月がそこにあった。それでもそれは、ほかの天体か何かではなく、わたしたちの月だった。月は輝き、病院や湖を照らし、その光景の美しさにわたしたちは息をのんだが、そのまえは、すべてが不気味で、危険をはらみ、石でさえもわたしたちを騙そうとうっすら光っているようだった。

キーパーは手を伸ばし、身体を支えるためにジオグラファーの腕につかまろうとしたが、ジオグラファーはもうそこにいなかった。ねえ！　とキーパーは言った。いったいどうなってるの？

ボタニストと一緒に暮らしていたわたしたちは、オパールのせいで、こうなることに慣れっこだった。オパールはボタニストの誕生石ではないことも、十月生まれではないのにオパールを身に着けるのは縁起が悪いことも、わたしたちはみな知っていた。

ねえ、みんな？　キーパーは病院の長い壁の向こう端や、塔の下あたりを見回した。しばらくして、自分以外の者はみな、扉を見つけてなかにはいったのだと気づいた。ねえ、みんな？　とキーパーはもう一度呼びかけてみたが、外にはもう自分のほかに誰もいないとわかっていた。残るは月と星と惑星、それに石と湖だけ。地中に潜むものたちのくぐもった声や、ブヨの鋭い囁《ささや》きなど低周波の音に耳を同調させてみた。でも、何も聞こえない。

しばらくするとようやく遠くから、水力発電所が覚醒したときみたいな単調な音がかすかに聞こえてきて、それと同時に、壁の向こう側で話したり笑ったりしているみんなの声が、手が届きそうなほど近くで聞こえた。それはちょうど、サーディンズの最中にナニーのベッドの下に隠れているほかのみんなの声が聞こえてきたときと同じだった。ほかの子たちはそこで、ナニーがベッドの底板とマットレスのあいだに隠し持っていた『悲しみよこんにちは』を見つけ、いつものようにナニーを物笑いの種にしていたのだ。

キーパーは痩せていて背が高く、矢のようにきっぱりしていたこともあるが、それは昔の話、おてんばだったころの話だ。いまは体重過多で、長い時間立ちっぱなしでいると足がむくんだ。

わたしたちはキーパーのことを心配していた。アイスマンより体形が崩れてきていたし、そのうえ喫煙もしていたからだ。かつてわたしたちはみな煙草を吸っていた。アーキビストでさえ、Ｐの前で格好をつけるために吸っていたが、わたしたちはどうにか禁煙し、それぞれが自分の流儀を失うことに耐えた。わたしたちのなかには、止めてみればささいなことで、たいして苦労を感じなかった者もいたが、耐えがたい激しい苦痛のように感じた者もいた。

キーパーは禁煙しようとさえもしなかった。煙草が大好きだったからだ。運命とは不透明だし、変えようがないと考えるタイプだった。そしていま、病院の外の月光の下で、パンツのポケットにはいっていたほぼ手つかずの煙草のパックを見つけて驚いた。きっとコックね、とキーパーは考えた。煙草と一緒にはいっていた小さなジッポライターは、バチェラー・チェストの上に置かれた七宝焼《しっぽうやき》の切手入れのなかに、しまわれたままになっていたものだ。コックの仕業にちがいない。ほかの者はキーパーに煙草を止めさせようと、あれこれ手を尽くしてきたのだから。

キーパーはライターのホイールをはじくように回した。煙草は湿気ていたがどうにか火がつき、そのオレンジ色の丸い目であちこちを見回した。

外でどうしてるかしら？　とトポロジストが尋ねた。

さあな、とアイスマンが応じた。

しーっ、と言ってジー・ムーンがアイスマンの口に手を当てた。ここは病院よ。

アイスマンは驚いて目を見開いた。ジー・ムーンに触れられたのは、それが最初で最後だった。

閉じたドア越しでも、会話が手に取るように聞こえることはよくある。これは、声がものの隙間の曲がりくねった空間を、ほぼ損なわれることなく通り抜けられるからだ。いっぽう目に見える幻影は、通り抜けることを拒否する。幻影はばらばらにちぎれる。滑っていく空間が一直線でないときはとくに。

暗闇のなか、前方の上のほうにボタニストが浮かんでいた。どうやって病院のなかにはいったにしろ、ボタニストはいまや幻影で、もう外には出られない。裸足で床の上を滑空し、闇のなかではなく水のなかみたいにブロンドの髪を頭の周りに漂わせている。わたしたちが近づけば近づくほど、ボタニストは、いちばん外側の表層を脱ぎすてたみたいに小さくなった。顔はわたしたちのほうを向いているが、どんどん離れていく。

でも、あれは彼女じゃないよな？　とコックが言った。

コックは、妻の亡霊だと思ったのだ。ボタニストから放たれる光がそう思わせたのだろう。思いがけず顔を突き合わせたときによく起こることだが、頭蓋から意識が離れていき、永遠に去ったはずの場所にすっと引き戻されることがある。コックは妻に、彼女の亡霊を鏡のなかや水面に求めないようにと約束させられた。わたしは死んだら死んだままよ、と妻は言った。それでわたしはおしまい。亡霊になる人もいるでしょうけど、そういう人にはもうひとつ魂があるのよ。ほかの人は、そうね。ほかの人はどうなるか、誰にもわからないんじゃないかしら。鵞鳥を口にくわえた子狐だ、とアストロノマーはふいに思い出した。それがそれがお気に入りの星座だった。機械の音について言えば、アーキビストは、それが水力発電所から聞こえているものと気づかなかった。もう間に合わないな、と考えていた。

X字形の縫合線が、その噛み跡には必要だ。XXXX。

想いというのは、自分でコントロールできないもののひとつで、その種子は、小さくてつるつるとつかみどころがないわりに意外と大きな原動力を備えている。

廊下を抜けた先に、鐘楼から太くて長いロープがぶらさがっていた。右側にはジャニュアリー・トンネルみたいに天井が低くて狭い通路が延びている。その通路には行かないぞ、とアイスマンは言った。なかにはいったら二度と出られなくなる。ジオグラファーがバックパックからタブレットを取りだして、その場所の座標を調べようとしたが、暗すぎて見えなかった。ボタニストが通り過ぎるときに発する光以外、誰にも何も見えなかった。

いっぽうキーパーは壁の外側で、煙草だけを相棒にサベッジ・ドメインを独りさまよっていた。

わたしたちの多くはフロート水上機で移民用施設にやってきた。その機内では、どうにか収まっていた母の胎内から医者になんの問題もなく取りだされたのと同じように、問題なく腰を落ち着けた。ところがアイスマンだけは、いつでもどこでも身体が大きすぎて、ひどく窮屈な思いをする。学校の机は拷問だった。動かないふたつの物体、つまり後ろの席の机の天板とくっついた木製の重いイスの部分と、前の席の子のイスの背にくっついた鉛筆のトレイとインク壺が備わった重い木製の天板に挟まれた、ありえないほど小さな空間に自分の身体を押しこまねばならなかったのだ。前の席には、首に母斑のある、痩せっぽちで小柄な女の子がすわっていた。

アイスマンは内緒にしているつもりだったが、わたしたちにはお見通しだった。ひとつには、寝言でその女の子の名前を言っていたから。もうひとつは、わたしたちがみな同じ経験をしていたから。女の子が首を曲げると、幼い弓なりの首筋に褐色の薄い産毛とカフェオレ色の母斑がいきなり現れる。それを心置きなくうっとりと眺めるのだ。その母斑の形は何か見慣れたものに似ていた。トンネルの入り口にあったモップの跡に沿った何か。ピョンピョン跳ねる蚤、小さな緑色のトカゲ。そしてもちろん、ケルン。

後ろの席にいたのはわたしよ、とジオグラファーは言った。おかげで黒板が見えなかった。わたしの視界にはいつも障害物があるのよね。

座席はアルファベット順じゃなかったわ、とキーパーが言った。

アイスマンはむしろ、先生のペットっぽかったよね、とジオグラファーは言った。でも、優等生ってわけでもなかったけど。

きみは、いまの自分は皮を被っていて本当は〝プリンス・ヴァリアント〟なんだと思っていたもんな、とコックが言った。王子が子どものころ湿地帯で過ごしたとしてもね。

ああ、そうだった、とアイスマンが言ったのは、母斑のことを誰かが話したときだ。ものの影像とその薄い形状は、そのものの表面から脱け落ちる。それは膜か皮に似て、その像はもともとのものと似た外見と形状を有し、それがなんであれ、その実体から剥がれ落ち、影像として目の前を漂う。

アイスマンが到着した日は天気が悪かったので、水上機は飛ばなかった。飛べたとしても、到着のときはどうします？　と電話の向こうの女に逆に問いかけられた。挑むような口ぶりだ。「水上機は水に降り立つんですよ」女はそう言った。足止めを食っているあいだ、アイスマンはモーテルの部屋に泊まっていた。部屋はアイスマンよりかろうじて大きい程度で、ベッドが横づけされた壁には印刷された帆船の額絵があった。わたしたちみんなが記憶しているのと同じ絵だ。みんなそこで足止めを食って待たされた。空が口をあけ、それまで溜めていたものを勝手気ままにすべて吐きだしている。どこかで選挙が行われていて、候補者たちが演壇に立って長々と、憎しみを込めて演説している。アイスマンは考えた。柔和さはどこにいったんだろう？　地球上でもっとも柔和なコケでさえ死にかけている。海岸線を北上してくれるパイロットが見つかったときには、いったい何が残っているのか、誰にもわからないんじゃないか。

もちろん、アイスマンの言うとおりだ。コケは地球上でもっとも柔和なものだったし、死にかけてもいた。かなり多くの人が移動しているので、あらゆる種類のものが踏みつけられた。そのなかからひとつを分離するのはむずかしい。シルクロードは東から始まり、西へ向かう。それがもともとのコースだった。いつ北へ向きが変わったのだろうか。その行程をどういう言葉で言いあらわすべきなのか。

そこには町や村があり、教会の尖塔があり、塔のなかには鐘があり、鐘の舌が激しく打ち鳴らされると、生まれた音が紺碧の大気を拡散する。鐘が鳴っているときのほうがうまく呼吸ができたのではないか。たしかにそのようだった。鐘が鳴っているときは、空気の量が――しかもおいしくて新鮮な空気が増えるようだった。ただ、そうなるのは、音が聞こえる範囲だけかもしれない。シルクロードには隔離場所――死体を受けいれる場所があった。わたしたちが身に着けていた装束は異様だった。パルトックというシルクの服。パルトックに紐で結びつけられたハーレットというマルチストライプの長靴下。クラコーという、とがったつま先が指の長さくらいある靴。わたしたちの何人かは陰部を覆わずに過ごしていた。わたしたちの何人かは金や銀の飾り鋲《スタッズ》のついたベルトを締めていた。村に近づくと、会いにやってくるのはその村の大馬鹿者だけだった。

そのころのわたしたちは、若く未熟すぎて、どういうもので満足すべきなのか理解していなかった。

天気が回復するとすぐ、アイスマンは埠頭に向かった。フロート水上機は赤色で、パイロットは少女だった。丈夫そうだが痩せこけていて、平べったくて黒い一本の三つ編みを背中に垂らしていた。「犬に気をつけて」とパイロットは言った。後部座席に娼婦のように身体を横たえた大きな犬がいた。「ここにすわって」と少女は隣の席を指さした。気づいたときには離陸していた。

まもなく水上機は水上に戻ったようだった。そのとき一匹の魚が跳ねた。わたしたちはみなそこに行ったことがある。奈落に落ちて星を見た者もいれば、天に昇り、何よりも高く昇りすぎて、何も見えなかった者もいただろう。わたしたちは過去からやってきたので、先を見る方法は知っていたが、なかには未来からやってきた人もいる可能性がある。その場合、何かが起こるまえはどんな様子になるか、わかるかもしれない。

けれども未来から来た人は、ふたつの心を持つ人ではない、その人は違う。ただ未来から来た人が、心をひとつも持っていない可能性はある。

「大丈夫、すわれるわよ」パイロットは、あけたドアのところで背中を丸めて立っているアイスマンに言った。「ほら、ここ」と言いながら、隣のシートをポンと叩いた。このパイロットが移民用施設まで連れていったのはアイスマンだけではなかったが、コックピットにそんなふうにすわれたのは、アイスマンだけだった。

アイスマンのこういうところにはみんな、すでに慣れっこだった。コミックを買いに寄った街角の食料雑貨店では、アイスマンだけがチョコレートの掛かったプレッツェルをこっそりもらっていた。主婦たちには飛びかかろうとする犬を止めてもらい、修道女からは祝福を受けたうえに、ボウルにはいったおいしそうなアリゴ（マッシュポテトにチーズを加えたフランスの郷土料理）をふるまわれた。わたしたちが母の喘息の薬を待っているあいだ、ソーダ水売り場のティーンエイジャーの少女から、シロップ漬けのチェリーをおまけしてもらっていたこともある。さらに旅の道中では、貿易商から塩を一袋とラム革のマントを譲りうけていた。
アストロノマーはハンサムだったかもしれないが、アイスマンには愛嬌があった。アイスマンはモーニング・ルームに陸生生物飼育器を置き、さまざまな種類のコケを育てていた。有性生殖するコケには、雄と雌の生殖器に似たものが備わっているが、ごく小さい生物の場合、生殖器はまったく見えなかった。そのような生物の生殖器はどれほどのサイズを想像すればいいのか。あるいは丸い心臓や目玉はどうだろう。もとからある器官はもちろん、魂や心は形成されるのだろうか。

わたしたちはみんな同じように水上機で飛んだ。空の上からだと、世界はハチの巣みたいにひとかたまりにみえた。そのあと、フロート水上機が着水すると、ひとかたまりだった風景が個々の物体に分かれ、入り江や断崖、隆起海岸など、それぞれが再び大きくなり、もとのサイズに戻った。着水は、わたしたちの誰にとっても、夢が叶う瞬間であり失望の瞬間でもあった。フロート水上機が広げた浮き袋は死ぬほど冷たかった。操縦席の少女はアイスマンのほうを見て微笑んだ。そして、ドックは夜のあいだは離れたところに浮かんでいるけれども心配ないから、と言った。オイルスキンのコートを着た誰かが漁船に乗って近づいてきた。ようこそ、とその人は言った。

それはわたしよ、とジオグラファーは言いながら、帽子を取る真似をした。思い出した？

アイスマンは思い出せなかったが、それを口にしたくはなかった。

わたしたちはみな、そのときのことをだんだん思い出してきたところだった。

パイロットはエンジンを切って、錨を降ろした。少女はまじめだったが、笑わせることはできた。ユーモアのセンスがあったことを、何人かは覚えていた。コックが得意のジョークをひとつ披露したときも笑っていた。

ウィットは知性のしるしだから、とアーキビストは言った。異論を唱えるつもりで言ったのだ。

アーキビストは、その辺境地のパイロットを違ったふうに記憶していた。危険な山岳地を越えるとき、水上機を操縦する顔に浮かんだあの表情。そこには、母を彷彿させるものがあった。けれども、いつ、どういう状況の母だろうか。ずいぶんまえのことだったのはたしかだ。母の顔がどんどん近づいてきて――たぶんネクタイの結び方を教えてくれたときだろう。青地に白い星の柄のネクタイだった。母は、舌を噛もうとするみたいに舌の先を歯と歯のあいだに挟み、ひどく集中していてほぼ寄り目になっていた。

アーキビストは学校で賞をもらったことがある。きっとあのときにちがいない。スペリング競争だったろうか。わたしたちのなかでスペリングが得意なのは彼だけだった。それとも習字の賞だったかもしれない。成績表のうえでは、筆記体の質は、健康的な習慣やほかの何よりも重要なことと判断される。わたしたちは、完璧になるまで筆記体の練習をさせられた。即興性も独創性もはいりこむ余地はなかった。

たぶん、その賞って作文の賞よ、とジオグラファーは言った。ハドリアヌスについての。ジオグラファーは口に出しはしなかったが、わたしたちはみな、同じことを考えていた。その作文を書いたのは、ただPにいいところを見せたかったからだろう。

入賞争いは激しかったよね、とトポロジストが言った。しかも賞をもらったのはPの作文じゃなかったっけ？

アイスマンが移民用施設に到着した日、船に乗っていたのはジオグラファーとトポロジストだけだったので、空間はたっぷりあった。ジオグラファーが船を操縦し、トポロジストはアイスマンにオイルスキンの上下を渡し、しっかりつかまってと言った。トポロジストはアイスマンがベストを尽くしていることを理解していたが、空間は彼女の一生の友で、その場所に存在し、何よりも愛していたものだった。〝密着度《タイトネス》〟というのは、不可欠な基準で、無限次元空間を想定した測定の場合はとくに重要だった。トポロジストはアイスマンに、それほど遠くはないと言い、前方の断崖を指さした。

あれはなんだい、とアイスマンは尋ねた。

左手の海岸の近くに、動物が海面から頭をもたげて、岩の上に身体を持ちあげていた。徐々に身体をあげていき、臀部を持ちあげ、その驚くほど長く、真っ白とは言えない身体を振り、水を跳ねとばして無限の波紋を作り、その世界にずっといたみたいにさりげなく向きを変えると、黒い鼻をひくひくさせてアイスマンたちの匂いを嗅ごうとした。

それは美しい形をしていた。それにあの鼻！　玄関ドアをはいってすぐのところに置かれたバチェラー・チェストの引き出しの取手みたいな形。ボタニストはその取手を、熊の鼻と呼んでいた。けれども誰もが、ボタニストをかわいらしいと思っていたわけではない。

たとえば、ボタニストはままごとをするとき、自分がいちばん年下だったにもかかわらず、ジオグラファーによく赤ん坊役をやらせた。けっきょく、ボタニストは成長すると背がとても高くなり、いっぽうジオグラファーは背が低いままだった。アイスマンがお父さん役をして、ボタニストがお母さん役をした。ボタニストはジオグラファーの頭にシャワー・キャップをかぶせて、手押し車に乗せ、ブロックじゅうをアイスマンに押して歩かせた。

ジオグラファーは、囚人に名前を呼ばれ、笑われたことを覚えていた。そのうちのひとり、具体的に言うと、わたしたちがキュート・プリズナーと呼んでいた輝く髪と頰に傷があった男のことを、アーキビストは、決闘をして刑務所に入れられたのだと話した。

不法侵入だ、とアイスマンは言った。おれはそう聞いたけど。おれたちはあの囚人を見たよ、覚えてる？　あのとき、おれたちはハングマン・ゲームをしていた。

ただし、キュート・プリズナーは不法侵入する必要はなかった。彼を家に入れたのは母だ。母は普通の客みたいに、その男を玄関のドアからなかに入れた。男は母をバチェラー・チェストに押しつけ、片膝を母の足のあいだに入れて、開かせ、ゆっくり膝をあげていき、それ以上奥に進めないところまで押しあげた。わたしたちはそれぞれ、思い出した――夜に上階で、ナニーが懐中電灯を持って見回りにきたとき、寝た振りをしたことや、あるいは移民用施設のベッドに入れられたとき、雪がわたしたちの周りに深く降りつもっていたことを。

わたしたちは隔離病棟に連れていかれたと思った。とにかくどこか、ひょっとすると母のところに。母は、人間の脆弱さを恐れ、とくに血に関連することすべてに恐怖を感じていたにもかかわらず、グレイレディに志願したことはわかっていた。グレイレディとして身に着けることになっている制服がよく似合っていた。ウェストが絞られていて、右胸には赤十字のマークがついていて、気の毒な人びとを助けるすばらしいわたし、という母が心の目に抱いていたイメージのとおりだった。

あの囚人はおそらく、それを足掛かりにしたんだ、とアイスマンが言った。

そうね、掛けたのは足だけじゃなかったみたいだけど、とトポロジストが言った。

でも母がドメリにいるのなら、あの香水の匂いがするんじゃないのかな？　コックが尋ねた。

問題は、ボタニストがわたしたちをどこに連れていくつもりなのか知るすべがないことだった。彼女の目は、いつもはわたしたちみんなと同じ暖かみのある茶色で、蜂蜜みたいに金色に輝いているのに、いまは目というより頭蓋骨にあいた穴みたいに見えるし、かわいらしい口はぽかりとあいて、そこから漏れる小さな音は、動物の臭跡みたいな残響を置いていく。それでも、わたしたちはひたすらにボタニストのあとを追い、長い廊下を進み、角を曲がり、鐘楼の前を通り過ぎ、別の廊下を抜け、階段を登った。わたしたちのほかは誰もおらず、ジオグラファーは何度も肩越しに振りかえった。

あんなふうに外に置いてきぼりにするんじゃなかった、とジオグラファーは言った。キーパーのことを言っているのだ。なかは寒いが、外の寒さほどではなかった——マントと分厚いブーツがあって何よりだ。

階段は永遠に続くような気がした。いまは前方に寒々とした青っぽい光が見え、それが切れかけの蛍光灯みたいにちかちか瞬いている。音もする。活気のある病院の音だ。廊下を進む担架の車輪が立てる音。たらいから液体が流れる音。誰かの叫び、誰かのうめき。じっとして、と誰かにささやく誰かの声。

処置のためにはまず、ナースステーションに向かう必要があります、とボタニストが言った。階段を登りきった場所で、わたしたちの前に立つボタニストは、いつもの彼女に戻ったようにみえる。目は輝き、ブロンドの髪はうなじのところでシニヨンにまとめられている。けれども、いつもの彼女とは違って、わたしたちが誰だかわかっていないようだった。姓から先に名前をどうぞ、とボタニストはクリップボードを調べながら言った。これにはとまどった。ボタニストはいつも、誰の名前でもいちばんよく覚えていたからだ。マントの下に着ているのは、医師が着るような白衣で、ヤギ革のブーツを履き、長手袋を着けている。

いいかげんにしてよ！　とトポロジストは言って、みんなを押しのけて前に出た。ナースステーションの向かいにある、開いたり閉じたりしているエレベーターに近づいていく。開いて、閉じて、開いて、閉じて――何かを決めかねている心を見ているようだった。

時間の無駄よ、とジオグラファーは言った。わたしはここに来たことがあるわ。覚えてない？　ジオグラファーはボタニストを見つめた。わたしの記憶では、エレベーターを使えるのはごくわずかな人だけだった。そうでしょ？

なかにはいってこられて良かったね、とボタニストは言ったが、あらぬほうを見ていて、ジオグラファーを無視していた。手の指が爪を立てるように曲がっている。あの人のことは心配しなくていいから、とボタニストは言った。キーパーのことを言っているのだ。外で危険なのは野獣がいることだけだよ。

処置のまえに、禿げている部分がないか頭皮を調べられ、金属製の盆に唾を吐かされ、血を採られた。アイスマンはすでに禿げていて、陰毛で検査を受けねばならなかったが、看護師が若くて魅力的だったので、彼は気にしなかった。ようやくわたしたちは先へ進むことを許されたが、どういう立場なのか――訪問者か患者かは、よくわからなかった。万能薬《テリアカ》が配られ、声を落とすように言われた。おそらく、みんなが同じ立場というわけではなさそうだ。患者識別用の腕輪を付けられた者もいた。マスクを着用させられた者もいた。コックはスープのはいった大きな鍋を持つ役目を託された。

建物の上階に行くほど暖かくなった。隔離病棟は三階だ。かつては、厩舎の隣にある独立した建物が隔離病棟になっていた。石炭が豊富にあった時代のことだ。小さなテーブルを挟んで、病人が身じろぎもせず寝ている白い病院のベッドと、まっすぐな背もたれのイスがあり、ボタニストはそのイスに腰かけて、古い〈ライフ〉を声に出して読んでいた。読んでいる記事に夢中になっているようだ。何時間もそうしていたようにみえるが、すわっていたのは、わたしたちが来るまでのほんの数分間だったはず。

「なすべきことをする時間は非常にかぎられており……」ボタニストはしかめ面でページをめくっている。「……この規模の流行はこれまでにないもので、今後二度と……」

床にあるセントラルヒーティングの通気口と、換気の悪い薪ストーブから暖かい空気が放出されていて、その熱を保つために、部屋自体と部屋のなかのすべてのものに、動物の皮が掛けられていた。患者のベッドに掛けられた獣皮の頭は、その足の向こうにある床の上の何かを見下ろしている。これは熊の皮だと、わたしたちはかなり確信を持って言えたが、壁に掛かった皮がどの動物の一部だったのかは、頭部がなかったので判別できなかった。

触れちゃだめだよ！　患者に近づいたトポロジストに、ボタニストが警告した。

触ったりしないわ、とトポロジストは応えた。寝ている患者があのスウェーデン人かもしれないと思ったにちがいない。ふたりは、あるときを境に連絡がつかないままになっていた。

ベッドに横たわっている人は、指で何かしているようだった。その人の性別はわからなかったが、男だとしたらあまり大きくはない。むしろ小柄で、父さんみたいだった——父さんには長いこと会っていないが、歳を取れば取るほど人は縮んでいくものだ。

父さんは昔から、母さんよりかなり背が低かった。結婚式の写真を見るとなぜか、白くて大きいものに挑む小さくて黒っぽいものが思い浮かんだ。マッターホルンに立つ登山家とか。ウェディングケーキに乗った蟻《あり》とか。母さんがとくに大きいというわけではなく、一般化するみたいにおおざっぱに分けるとそうなるだけだ。いっぽう父さんはといえば、その存在に気づくにはある程度の注意が必要で、電車から見えたあのゴミくず、枯れ枝にからまっていた、すべての前兆だったあのゴミくずと似ていなくもなかった。

わたしたちが最初の小旅行を再現しつづけているのも、無理はない。

けれども、もちろん後戻りはできない。みんなそれはわかっていた。できっこないのだ。

ジオグラファーは、クローゼットにマントを掛けた。教えられなくてもクローゼットの場所はわかった。アストロノマーは窓をあけて外を眺め、惑星の合《ごう》（太陽とほかの天体が重なって見える状態）の兆候がないか調べた。たとえば、激しく降る雨とか。普通に水が降るときもあれば、鳥の死骸が降ることもある。あるいは、健やかな眠りについた人が、翌朝死んでいるとか。アストロノマーは鼻歌を唄っていた。天で起こることはなんでも、彼の気持ちを浮きたたせる。コックはスープの鍋を小さなテーブルの上に置いた。蓋を取って、顔をしかめる。なかで何か死んでるのかな？　コックが不思議そうに言った。

たしかにその匂いは芳《かんば》しからぬものだった。ふと気がつくとわたしたちは、ナニーの部屋に撒かれた毒を食べて、旋盤の裏で朽ちていた鼠のことを思い浮かべていた。我が家は命を尊んでいると母さんは言ったが、我が家はセックスするにはうってつけの場所というのが本音だと、わたしたちはみなわかっていた。母さんは、セックスに興味のない子をからかったりまではしなかったが、母さんに軽蔑されたらどうなるかは明らかだった。一等車に一緒にすわろうと母に誘ってもらえないこともあった——性格に問題でもあるみたいに。あるいは、互いの絆などないみたいに。互いを嫌いあっているみたいに。

トポロジストがトイレを探して、客車から客車へ走りまわっていたとき、わたしたちはなんの手助けもしなかった。ポーターから受け取った茶色の袋に、トポロジストが濡れたパンツを入れたとき、わたしたちは笑った。濡れたパンツから袋に染みた跡を見て笑い、トポロジストがスカートの下に何も履いていないことを想像して笑った。それに、誰が母さんと一等車にすわったか、それぞれ日数を数えて把握していた。つまり、わたしたちは同じように自尊心を傷つけられていたわけではなかったのだ。たいていの場合、母さんは男の子たちをえこひいきした。誰がいちばんかわいいかと悩む必要がなかったから。

夜のとても遅い時間になり、遅すぎてほぼ早朝だった。西から吹いてきた風が窓枠を鳴らした。キーパーが風に煽られながら厩舎へ続く小道を歩いているのが見えた。まもなく夜が明け、この惑星が無限の宇宙から顔をそむけ、太陽系のまばゆい中心のほうへ向くころだ。まもなく動物たちのエサの時間がくる。

道は滑りやすかった。キーパーは一歩一歩確かめながら進んでいた。懐中電灯の光が、天使の石像や枯れた花茎をさっと照らしながら彼女を導いた。わたしたちが見ているとわかっていたにちがいない。キーパーから見るとわたしたちは、窓枠のなかの小さな斑点だろうけれど、わたしたちのほうから見えるキーパーはくっきりとした姿で、あちこちに走る懐中電灯の光も判別できた。キーパーは子どもみたいに見えた。上から見るとこんなふうに見えるものだ。高く登れば登るほど、下方の人影は鼠になり、蚤になり、やがて無になる。

厩舎はドメリの北にあった。病院と同じ岩石でできていて、同じ丘の斜面にあり、湖に背を向けるようにして、川とポータル・ロードに向いて建っている。ドアは少し開いていたが、そこまで続く足跡はなかった。キーパーはよく厩舎のなかで鼠を見つけた。ときには鼠を食べる鷲《わし》や鷹を目にすることもあった。

人と動物、どちらが先にいなくなると思う？　キーパーは尋ねた。これは、彼女がわたしたちとボタニストを残して、走り去るまえのことだ。

この日、仕切りのなかにいたのは馬ではなく、年老いた男と女で、わらの上で弱々しく抱き合いながら横たわっていた。彼らのリンパ腺はスモモのように黒っぽい色になって腫れている。もしかすると、ふたりはそれほど年寄りではないかもしれない。もしかすると病気が初めてここにたどりつき、ドアを叩きつけるような耐えがたい騒音で彼らの身体を満たしたのかもしれない。「出てって！」歳を取った女は大声を出した。

ふたりは互いに夢中なようで、見物人がいてもおかまいなしだ。「目を覆って！」歳を取った男はもう一度取り組みながらそう言って、セックスに飢えた若者のように勢いよく腰を動かした。実のところ、彼らは繁殖する必要があったのだ——誰もがそうなのだが。「見ないでよ」歳を取った女が言って、ふたりして嘲るように大笑いした。

キーパーは、このふたりに病気を感染《うつ》される心配はしていなかった。馬と時を過ごした人はみな免疫ができることが明らかになっていた。馬の匂いによって病気は力を失うのだ。

キーパーは、いつもなら朝食後でないと町には出かけないのだが、この日は例外になりそうだった。歩いていかねばならないだろうし、しかも、朝食の卵を産んでくれていた雌鶏が何かのせいで死んでいたのだ。厩舎のドアの掛け金を掛け忘れることなどありえるだろうか。母は、モラル上の罪は見て見ぬ振りをしがちだったが、ちょっとした不注意は許さず、とくに資産の損失に関わるミスには厳しかった。ボタニストが黙って毛皮を拝借し、それをバスのなかに忘れてきたときのことを、母はけっして忘れなかった。

ドメリの向こうはとくに見るべきものは何もなく、ただ葉の落ちた木々や下生え、露出した岩やきらめく川があった。ある場所と次の場所とのあいだにある空っぽの空間を満たしたいという思いは圧倒的だ。その思いは、次は何があるのか、あのカーブを回った先を見てみたいという好奇心よりむしろ、時間を連続させたいという本能と関係している。太陽は輝き、道路から霧を立たせ、汗と湿ったウールの匂いを大気に漂わせた。

キーパーは、歩くのが嫌いだったが乗馬は大好きだった。ほかのわたしたちとは違って、ずっとまえからそうだったし、得意でもあった。ナニーは乗馬のあとのキーパーのためにいつも、大量のお湯と、スペイン産の黒い石鹸の塊と、ふかふかのタオルの束を必ず用意していた。キーパーはブーツと、ベルベットの乗馬帽と、深緑色の上着と、それと揃いの乗馬ズボンを脱いだ。何もかもすっかり脱ぎすてると、バスタブに浸かった。コックが歯ブラシホルダーの上にのぞき穴をあけていることは知っていたが、気にしなかった。濡れた身体をコックに見られていると考えるのが好きだった。

事故が起こって倒れた柱を過ぎ、トネリコの木を過ぎ、石造りのマイル数の標識を過ぎ、馬用の水桶を過ぎ、急カーブを過ぎて、道路をまたぐ鉄橋に来た。電車が橋を渡ろうとしているとき、キーパーは母の運勢を占っていた。カードを混ぜるときはできるだけ頭のなかを真っ白にして。〈ワンドの五〉は激しい競争を表す。〈ペンタクルの四〉は貪欲。同じスートのペイジのカードは、逆位置。不注意。これ以上ないというくらい退屈な未来ね。

女のひとり旅が危険なことは誰でも知っている。旅が危険なのは男にとっても同じで、武装した傭兵と旅する幸運にでも恵まれないかぎり、連れがいるからといって安全が保証されるわけではない。町は無人のようにみえたが、キーパーはそうでないことを知っていた。みんな家のなかに隠れていて、ブラインドの隙間やカーテンの陰から外をのぞき見しているのだ。家は古く、一列にぎっしり並んでいた。それは、フェアマウント・アヴェニューで鎖につながれ、どこに続く道であれ、一列に並んで順番を待っていた囚人たちみたいだった。このときの行き先は氷が張りはじめた川だった。川がかちかちに凍ってしまうと、洗濯婦は洗濯物を運搬するための派手な色の船で川を行き来できなくなり、ルート沿いの独り者の男らに、サービスを提供する用意があると伝えるという別の方法で、洗濯物を運搬した。

ある日、キーパーの玄関ポーチに洗濯籠があった。なかにはピンク色のブランケットにくるまれた赤ん坊がいた。ブランケットの色のせいで、最初は女の子だと思った。静かな子どもで、あまりに静かすぎてうっかりすると、坊やが家にいることを忘れてしまった。ときどき坊やは泣いた。その泣き声は木々のあいだを抜けるサワサワという風の音か、黄昏時の森の音に近かった。けれどもキーパーは独りでいることに慣れていたし、本当の母と違って乳が出ないので、乳が漏れたりすることもなく、乳房の張りで思い出すこともなかった。

キーパーは用心しながら家に近づいた。馬が自分より先に家に着いていて、前庭に立ち、凍った草を前脚でかいているのを見ても驚かなかった。ただいま、とキーパーは開いている玄関のドアを通りながら声を掛けた。なかにはいると、キーを叩く音や、紙が擦れる音、引き出しを勢いよく閉める音がした。調理用ストーブに薪を足してヤカンを掛けた。赤ん坊は成長してやせっぽちの小さな子になったが、この子は腹黒いのか内気なだけなのかちっともわからなかった。最近はほとんど自室に閉じこもっていて、部屋から出てきても、猫みたいに足元にまとわりつく気配がするだけで、実際には姿が見えていないように思えた。家の外では、乱暴者みたいなふるまいをした。シャツに血をつけて帰ってくることもあった。服はつねにどこかを繕《つくろ》わねばならなかった。キーパーが子どものためにしてやれるのは、それくらいだ。

もちろん、わたしたちはキーパーが子どもを育てていることを知っていた。わたしたちの誰にもまして、キーパーは母になるつもりだった。わたしたちの母がどんな人かを考えると、キーパーは本気でわたしたちの母になる気だった。だから、わたしたちとしては、その少年を恨まないでいるのはむずかしかった。内反足のせいで少年が必要としている靴の支払いを手伝ってくれないかとキーパーから頼まれたときは、なおさら。内反足はひどくはなかった。半ば成長してきたころには、そんな問題があったとは思えないほどになった。きっと背が高くて魅力的な男に成長するだろうと見てとれた。

キーパーは母親が備えているべきと思われるものをすべて備えていた。ティーケトルと団欒の場。置き型ミキサーと広い膝。ほんわかしたソフトな側面と鷹のように油断のない側面。裁縫箱も持っていた。

針だ、針も持っていた。

少年の部屋のなかは暗かった。太陽は、馬や川や二本の支流のあいだの遮蔽物みたいな町と共に外に留まった。犬の頭をした野獣も外にいた。ときどき、少年はその野獣が窓からのぞいているのが見える気がした。その体毛には、白い毛も混じっていて、ものすごい臭いを放っていた。シーケンスを正しく設定することさえできれば、と少年はキーを叩きながら考えた。野獣は、美しいと評判だった羊飼いの少女たちの喉を引き裂いた。小さな子どもたちの身体から血が流れた。少年は自室で画像に指を這わせた。シーケンスを正しく設定しさえすれば、破壊できるものがあるはずだ。悪魔は手の届くほど近くに現れていた。悪魔は、人と動物の身体に生じる痘《ポックス》としてよく出現した。

いっぽうキーパーは、キッチンの戸棚の中身をあらため、〝一・二・三・四ケーキ〟を作る材料が揃っているか確認していた。この名前は、バター一カップ、砂糖二カップ、小麦粉三カップと四つの卵で作られることに由来している。こんなふうに作られるケーキはややありふれていて、かなりずっしりしているが、卵が腐っていたとか、誰かがどこかでドアをバタンと閉めたりしなければ、ほぼ失敗することはない。

この種のケーキが好きであれ嫌いであれ、わたしたちの誕生日ケーキと言えばこれで、黄色のスポンジに白いバタークリームが塗られ、人によって、ピンクか青の蠟燭が飾られた。今日はあの子の誕生日でもあったかもしれない、とキーパーは考えた。砂糖を切らしていたが、まだ市場は閉まっていない。

暗い部屋で少年はキーを叩きつづけた。カチ、カチ、カチ。キーパーの黄色のポットのなかで茶が浸みだしている。少年はキーを叩き、犬の頭をした野獣をあちこちに移動させる。少年は画像に指を這わせる。木と、家の絵みたいな家。真ん中にドアがあり、窓はその両脇にひとつずつと、その上に三つ。

カチ、カチ、カチ。馬が一頭。それはあっというまに起こった。キーパーが外に出た瞬間に。キーパーの心の東のゲートにある分岐で、光が広がり、苦渋に満ちた精神の哲人が現れた。過去の行いを黒い小石と白い小石として比較せよ。動物に生まれ変わるなら、岩の洞窟や、空っぽの虚ろ、霧に覆われたわら小屋が見えるだろう。

わたしたちは何をすべきだったのか。時間は、よく言われるように、指のあいだをこぼれ落ちていった。両の手に涙を落とすわたしたちを残し、ほかの仲間が永遠に消え去るのにどれほど時間がかかるのだろう。病院からの道程は骨の折れるものだった。道は石が散乱しているうえに水びたしで、延々と急な下り坂が続き、細い川のなかを歩いているみたいだった。

誰かが唄う。歩いているのは夢のなか。ゆら、ゆら、ゆらり。もしかすると虹のなかだったかもしれない。紫色の果実がなっている低木があった。とにかく、あれは食べちゃだめだよ、とボタニストは言った。ジオグラファーとトポロジストは心ここにあらずで、ちっとも聞いていなかった。ジオグラファーはキーパーのことが心配でたまらなかったし、トポロジストはスウェーデン人のロザリオを道で見つけたのだった。そのロザリオをポケットに入れるのを、わたしたちは見ていた。そのあと、ポケットのなかでロザリオをずっといじっていて、送電鉄塔の下を通り、壁に挟まれた細い路地にはいっていくあいだも、いじりつづけていた。

電気の通ってる電線に気をつけろよ、とアストロノマーは言ったが、電気は通っていなかった。

夜はすでにくっきりとまばゆく明け、紺碧の空はるか高くに、天女の羽衣のような雲がたなびいている。

ようやく路地の先に、スレート葺きのとんがり屋根の大きくて背の高い家が現れた。三階の窓からこちらを見下ろしている顔がひとつ見える。小さくて青白い顔に見覚えがあった。かつてはよく知っていた、それどころか大好きだった誰かの顔だ。

こんにちは！　とボタニストがその顔に呼びかけたが、窓の向こうの顔はこちらを見下ろすばかりで、なんの反応も示さない。

ボタニストは、その人が誰なのか思い出すのを手伝ってほしそうにしていたが、わたしたちに関するかぎり、自分の記憶は自分で掘り起こすものだ。自分が中心的な役割を果たしたときの思い出は別として、誰も過去を掘りかえすことに関心はなかった。

貪欲にヴィーナスの鎖に絡めとられ、とアイスマンが言った。海色の衣をまとい、美しきシキオン風の靴を履きて。ボタニストの話はラブストーリーだった。ラブストーリー以外に、どうやって彼女という人間を説明できるだろうか。

とはいえ、あそこにいるのはボタニストの恋人ではなかった。その恋人はたしか、ボタニストの腕のなかで亡くなった。恋人は、わたしたちを見下ろしている人のように弱々しくなかったのに死んでしまい、いっぽうこの人は生きている。上階にいるあの人は、わたしたちを見下ろしているというより、わたしたちが降りていこうとしている深い渓谷を見ているようだった。アリエ川はあまりにも遠くにあり、誰かの頭から抜けおちた一房の輝く銀色の髪のようだった。

窓の顔はひどく小さくて、わたしたちは心底怖かった。けれども、いつもこんなふうにして、それは起こったし、わたしたちを分かつくさびはあまりに細すぎてほとんど見えないくらいだった。


わたしたちはみな仰向けに寝転がっていた。それはシャバーサナのようだったが、壁紙にはバラがあった。口があった。眠れない者は、眠っている者がつく深いため息を聞いていた。眠っている者の眠りは浅く、眠れない者によって、いつでもすぐに起こされそうだった。照明器具が犬の顔のようにみえた。照明器具は野獣のようにみえた。ジオグラファーは眠ったまま歩いた。強くて白い歯をしていたので、〝噛み子さん《ミス・ビット》〟と呼ばれていた。

その歯で、波のような歯型をつけた腕は一本や二本ではない。誰か同じベッドで寝ていたっけ？　たぶん別々の寝室があったよ。眠りの時間は、わたしたち全員にとって本当に恐怖の時間で、母のキスも役に立たなかった。上掛けの下で懐中電灯をつけて本を読もうとしても、めざといナニーに見つかった。もう寝なさい、明日があるんだから、とナニーがいつものように言うと、そりゃあるさ、と誰かが言い、ほかの誰かが、ないかもよ、と言ったものだ。アーキビストは寝言を言った。寝ているときのアーキビストは温和で、おしゃべりだ。そこに何人いるんだい？　と言ったあと、ふいに笑いだした。キーパーはブランケットをはねのけ、ひっくり返し、蹴とばした。キーパーと寝るのは、馬と寝ているようなものだ。走れ、ゆるりと、夜の馬。ナニーによれば、悪い夢を見たときは、明るい日中にそれを思い出すといいらしい。夢の隅々にまで日の光を当てると、何が怖かったのかが明らかになるそうだ。それはなんの変哲もない真珠のボタンだったり、グラスにはいったミルクのようなものだったりする。

けれども、恐怖は本物だ。それは出生の副産物だ。

どの悪夢にも、はいるべきではない場所がある。けれども、どれほど強く自分を押しとどめても、けっきょくはそこに行ってしまう。そうなれば、もう終わり。愛しくなりだした何か、吹きすさぶ風に立ち向かう子犬のような何かに叫ぼうとしても、口のなかで膨らんだ舌が喉に詰まり、その根元が青く変色していく。

理由はどうあれ、背の高い家の前の道でぐずぐずしていたくはなかった。太陽はその家の向こうにあり、わたしたちは影のなかにいた。トレイルは左に鋭く折れ、また細い小道になり、そのあと峡谷へ向かってずっと下っていく。

さあ行こう、とコックはボタニストに言った。コックであるがゆえに、いつもはほかの誰よりボタニストといるとツキがあった。川まで降りていきさえすれば、おいしい食べ物があるさ、とコックは言った。料理の匂いがずっとここまであがってきているんだから。コックはそう言って、ふざけてボタニストの手を取り、小道のほうに引っぱろうとしたが、逆に反対方向に引っぱられた。ボタニストは、足をしっかり地につけハニーゴールドの目をきらきらさせていたいつもの彼女のようにみえたが、それでも、病院にいたときの彼女に戻ったみたいに、地面から浮いていた。浮いているとはいえ今回は一インチほどのごくわずかな高さで、目に見えないくらいだったものの、安定はしていなかった。ついには、ユスリカの大群のなかを歩く人のように両腕をひらひらと振りはじめたので、わたしたちはそれを却下の印と受け取った。

山腹はひどい急斜面で、いざ下りようとするときは、崖から飛びおりるような気分だった。さいわい道は九十九折《つづらお》りになっていたが、ひどく狭くて一列で進まねばならなかった。そのせいでかなり長いあいだボタニストがいないことに気づかず、そうと知ったのは、川にたどりついたあとのことだ。川の土手には相当な人数が集まっていて、天候に備えて暖かく着こんでいる人もいれば、全裸になって泳いでいる人もいた。誰もが驚いたことに、アーキビストが泳いでいる人のなかに混じっていた。彼の濡れた小さな頭が急流の波間にぴょこぴょこと見え隠れして、キーパーが地下室の洗面台で飼いはじめたら、しばらく生きていたカワウソの頭みたいだった。アーキビストの服や眼鏡はどうしたのだろうか。母からは、他人と泳ぐことについて注意を言い渡されていた。はいれと言われないうちは、水から離れていなさい。

コックが言っていたとおり、フードスタンドがあった。男か女かわからない、かわいい子どもがひとり、色あせた緑色のエプロンとかんじき《バグシューズ》をつけて、一杯やりたい人にワインを売っていた。いっぽう、少し離れたところに、この子の父にしては歳を取りすぎているようにみえる男が中くらいの大きさの動物を火であぶっていた。串を回して、居眠りし、目を覚ましてまた串を回す。

肉にはタレを掛けておくべきだった。コックから教えてもらうまでもなく、わたしたちもそれぐらいは知っていた。アーキビストは激しい川の流れに注意しておくべきだった。

わたしたちはそれも充分わかっていた。

わたしたちはだんだん注意散漫になってきていた。自分たちがしていることを互いに見張っていなければ、誰も残らなかっただろう。わたしたちそれぞれの内側には、赤と白の滴《しずく》があり、それぞれの心臓には、上が白くて下が赤いえんどう豆大の滴がひとつある。それは不滅の滴と呼ばれていて、命を帯びた風がそのなかに存在する。

ようやく、大きなブナの木陰に場所を見つけて腰を下ろした。小さな茶色の犬が二叉になった木の根のあいだの洞で丸くなり、ぐっすり眠っている。スウェーデン人が生きていて、すぐ近くにいることなどありうるだろうか？　トポロジストはスウェーデン人を探しに行き、残りの者はその場所でじっとしていた。テリアカの作用で、わたしたちは鈍くなりいらいらして、覇気を失った。ジオグラファーの胃は膨張し、アイスマンは粘膜から出血した。耳の骨が弛緩したり、鼻腔内で炎症が起こることもある。ある時点で、アストロノマーは釣り竿を持って川のなかにはいり、岸近くの深い穴に釣り糸を垂れた。カワヒメマスを狙っているのだ。このあたりの人は、その魚を〝川影〟と呼んでいた。何匹かでも取れれば、それを食べたほうがいいだろう。いまわたしたちに必要なのは、この地域の自然の成分で身体を強化することだ。いっぽうテリアカは異国の物質だが、このおかげでわたしたちはシルクロードに沿って町から町へと旅をすることができた。その薬は、甘いリキュールとアヘンとクサリヘビの肉が混ぜ合わされてできていた。これを飲むと、喉に何かの塊が引っかかっているような感じがする。便が出にくくなる。この万能薬は寿命を延ばす効果があるかもしれない。そのいっぽうで、悪いほうに転がる可能性もある。

草の上にすわってワインを飲み、あぶられた肉を食べた。キーパーが一緒だったら、タロットカードを並べただろう。わたしたちはそういう類のものには無頓着な振りをしていたけれど、自分たちがどういう人間なのか、何が支えになり何が障害になるのか、どういう未来が待っているのかを、キーパーなら教えてくれると考えていた。同じように、優しくて、たわいのない戯れが好きで、ユーモアをまったく解さないのが、ボタニストだと考えていた。

その日は風が強かった。最近はいつでも風が吹いているようだ。しかもその風は、基本方位の一方向から吹いているわけでも、あらゆる方向からいっぺんに吹いているわけでもなく、大気それ自体の作用としてその場で生まれているようだった。その風は、この病から逃れるには、とにかく病を振り切ることだと言わんばかりにわたしたちを突き動かす身体のなかの不穏さと似ていた。

大アルカナの十三番目のカードによると、謎めいた騎手は緩やかに動く。もちろん、そう説明してくれるキーパーはいないが、それでもわたしたちには、見事な骸骨が真っ白な馬にまたがっているカードが見えているのと同じように、そう言っているキーパーの声がはっきり聞こえた。

死は無だ、とアイスマンは言った。心の本質が証明しているのは、命には限りがあるということだから。身体が死ねば、魂も死ぬ。有限の命あるものと無限に続くものを結びつけ、両者に何か共通するものがあるはずと考えて、すさまじい嵐に両方をさらすなんて馬鹿げてる。

死に際し、すべての風はひとつに溶けこみ、心臓へ向かっていく。わたしたちの四肢は小さく縮み、視界は暗さを増し、わたしたちの内側に存在した煙、あるいは蛍、あるいはバターランプが消えていく。

ボタニストはわたしたちの姿が見えなくなるやいなや、とんがり屋根の背の高い家のドアをあけてなかにはいった。普通なら、すべてを置いていかねばならない。〝すべて〟というのは、ボタニストにとってはわたしたち全員のことであり、人生で起こった出来事であり、人びとが記憶と呼ぶものであった。するとただちに、一度も家というもののなかにはいったことがない状態になり、背後で閉まったドアの音さえも、空気の破裂音を伴う木と木の擦れた音とは思えず、それまで知らなかった何か、あるいは想像上の何かが近くにいることを警告する音みたいに思えるのだ。その大きな何かは、それにとっては小さすぎる空間で動きまわり、口で荒く息をしている。

小さな蚤、小さな茂み、小さなビーズ、小さなニーズ。ボタニストは自分が呼ばれていることを知っていた。また浮遊している。それはまちがいない。

長い階段を登りきって、二階に来た。窓はぴったり閉じられていたが、振りかえると隙間から煙が漏れているのが見えたし、火も、ストーブも、蠟燭もなく、電灯もついていないのに、壁に据えつけられた棚の上の何百もの小さな物体は、火の光を反射しているみたいに得体の知れない微光を発していた。いっぽう、煙の匂いは、ワンピースを着てジャックスをして遊んでいる幼い女の子のイメージみたいなものをボタニストに思い起こさせた。それは思い出ではなく概念だ。働いていたときに起こっていた現象と同じだった。ヒヤシンスの香りがするといつも、もうちょっとのところで手が届かないものに手を伸ばしている老夫人の姿が目に浮かんだ。クランベリービーンズを食べると、若い男が鉛筆を削っている姿が目に浮かんだ。彼らが手を伸ばしたり、鉛筆を削ったりする活動《オペレーション》を遮ることはできない。彼らはそれぞれのやりかたで、永遠にその活動を続けているのだ。

　問題は、わたしたちがお互い助けあえないことだ。ボタニストに危機が迫っていたのに、わたしたちはなすすべがなかった。同じようにアーキビストは、早瀬を目指してどんどん強くなる流れに巻きこまれていた。その早瀬には、多くの命を奪ってきた〝泣き石《ロックザットクライズ》〟があった。これはその時点ではまだ知らず、あとになって耳にした話だ。わたしたちができることは何もなかった。いったんサベッジ・ドメインにはいりこんでしまったら、犬の頭をした野獣から逃げることはできない。いっぽうわたしたちは、ブナの大木の下でマントを敷いてすわり、肉を食べ、ワインを飲みながら――その様子は〈草上の昼食〉的で、

〝ローマが燃えているときにバイオリンを弾いて〟いるみたいに呑気にみえるかもしれないが――、次に何をすべきか計画を立てた。まるでわたしたちが携わっているその活動《オペレーション》が老夫人たちのように永遠に続くというわけではないみたいに。まるで結果について何か意見することができるみたいに。まるで、足元の草の上で丸くなっている小さな茶色の犬など見えていないみたいに。

ボタニストは二階の廊下をふわふわ進み、三階へと通じる最後の階段を登っていった。あれは本当なのかな。一度登ったら、二度と降りられないと言われているけど？　小さな蚤、小さなきみ、小さな笑み、小さな罪、小さな闇、小さな紙魚、小さなきみ、小さなきみ！　ボタニストは廊下に沿って漂いつづけた。言われたことは守るたちだったので、多くのドアを通り過ぎた。どのドアも固く閉じられていて、どのドアも隙間から煙が漏れていた。病気を運ぶ空気を遮断するために、煙を使ったかぐわしい霧のバリアがよく作られるのは事実だ。すぐにここを出て、遠くへ逃げて、しばらく戻ってこないこと。これは医師の指示だった――医師自身は逃げださなかったのだけれど。

ここに以前住んでいた家族は、ネズミノミに悩まされていた。これは穏やかで湿度の高い冬を至福とする害虫（害虫が幸福を感じるとして）で、その年はたしかに暖冬だったようだ。家族は母と父と息子の三人だったが、父親が鶏一羽と交換してきた寝具で、少年が眠り、病気になったとき、両親は息子を置き去りにした。死んだものとして見殺しにしたのだが、その時代はそういう考えかただった。シルクロードはその家の前を通っていた。誰もがその道を使っていた。商売のため、あるいは逃亡の経路として。旅人のなかには口伝えに頼る者もいれば、ケルンや木につけられたしるしに頼る者もいた。みんなの共通点は、終着地がないことだった。

けれども少年は死んでいなかった。少年が目を覚ましたとき、そこはこの世でいちばん深い井戸の底くらい暗かった。床の真ん中で焚き火が燃えているようだった――けれども、どうしてそうなったのだろうか。少年はまだ自分の家のなかにいたのではなかったのか。生まれ、乳を飲まされ、乳離れしたあの家のなかではないのか。寝具も、誰の手も借りずに自ら整ったようだった。貿易商はその寝具にネズミノミがはびこった羽毛や毛を詰めてしまったのだ。少年の目の前でその詰め物は自身で大きな生き物に再集合し、真珠のように光を放った。

「こっちへおいで」その生き物は言ったが、少年に話しかけているのではなかった。

太陽が沈み、空がいっとき金色の光に満たされた。その後、ボタニストがその部屋のドアをあけ、敷居を越えて漂いながらはいってきた。

ボタニストが部屋にはいると、窓のそばに少年がすわっていたが、彼は厳密には少年ではなかった。窓のそばにすわっている人は、下から見えていたより年齢が高かった。年齢は高かったし、大きかった。そして、身体にいくつも腫れがあったが、マントで覆っていたのでボタニストには見えなかった。けれども病気の匂いを嗅ぐことはできた。ボタニストが見た、つまり嗅ぎつけた匂いは、パラダイスの園で落ち合おうと王子を誘った妖精の匂いだ。けれども妖精はそれよりまえに、王子に禁止事項のひとつとして、誘ってもついてきてはいけないと話していた。王子がパラダイスの園でもし自分と落ち合ってキスしたら、パラダイスは地中深くに沈み、もともとあった場所に戻るだろうと話して聞かせていたのだ。

学校集会で、校長先生がパラダイスの園の物語を語っているときは、隣の子に話しかけてはいけない。話しかけようと考えただけで石になってしまう。王子は分かれ道まで引き返し、ボタニストのまつ毛に涙が光っているのを目にした。「わたしはまだ罪を犯していないぞ」と王子は言い張った。永遠に続く夜が、棺桶の蓋が閉まるように、王子に覆いかぶさるとしても、この瞬間にはそれだけの価値がある。王子はボタニストの目にキスをして涙を拭いとったあと、その唇にキスをした。その瞬間、雷のようだが雷より大きくて、地球上の生物がこれまで聞いたどの音よりも恐ろしい音がした。死の冷気が王子の手足にじりじりと広がった。冷たい雨が顔にかかり、頭の周りで激しい風が吹きあれた。

川辺で、わたしたち全員がその音を聞いた。

フードスタンドの男は火を消し、色あせた緑色のエプロンを着けた子どもは店を閉めはじめた。ふたりとも追っ手がいるみたいに、こわごわあたりをうかがっている。

稲妻がどれほどみんなの心を奪ったか。地震はどうだろう。さっきまで大勢いたのに、いまはもう、ほぼわたしたちだけになってしまった。

川のなかのアーキビストは、頭をあげて息継ぎするたびに顔に雨粒が当たるので、とうとう、水から頭を出すのをやめてしまった。もはや息継ぎは必要ないと感じた。Pからは、なんでも怖がるのね、としょっちゅうからかわれ、どれほど泳ぎがうまいかはけっして理解してもらえなかった。聖ロシュ校では、水泳チームのキャプテンを務めていたのだが。

いま、裸で水を蹴るアーキビストのばた足はこれまで以上に力強い。

川は岩を洗い、倒木の周りを巡り、湧きたち、うねり、逆巻いた。空中に跳びはね、滝になってはるか下方へ落ち、きらきら輝いて解きはなたれ、泡立ち、大きな音を響かせてコケで縁取られた淵に流れこむ。アーキビストの目は濡れ、眼鏡がなくても完璧に見えた。あるいはもっと正確に言うなら、何もない真ん中のスポット以外は完璧に見えた。もちろん、そこがPの居場所で、彼の到着を観察していた。そここそ、Pがいまもいて、以前からずっといた場所。アーキビストには見えないスポットだ。

問題は、アーキビストはいまや彼自身ではない、あるいは自分自身だと思っているものではないことだ。それはちょうど、わたしたちがトレイルに沿って遠くに行けば行くほど、自分自身として考えていたものが、ますますわからなくなるのと同じだった。そうなるとわたしたちは、肩書きがあまりに深く刷りこまれ、それがアイデンティティになっているので、ひどく心をかき乱された。コックは長いこと料理をしていなかったし、アイスマンは永久凍土層の探索をやめていた。アーキビストが魚のような何かに変わりかけていたとしても、誰も変だと思わないだろう。ルアーを避けてさえいれば、問題はない。

そうしているあいだも、空から落ちてくるものがなんであれ、ブナの木はわたしたちを守ってくれていた。ブナの木はごくわずかな光とそれ以外の多くが地面に届くことを許し、それらすべてを自分自身で活用した。その木には支配的な力があったが、わたしたちは気づかなかった。その支配的なふるまいが及ぶのはほかの木々にかぎられ、人間には作用しなかったからだ。このようにして、わたしたちは自分たちが人間で、植物ではないことを確信したが、アーキビストのように転生が起こったとしても、それをいつも認識できるとはかぎらない。わたしたちのなかの何人かは、ブナの木にスペースを奪われた木みたいに、恐怖の枝と呼ばれる目に見えない枝を伸ばしていた。

ボタニストがここにいたら、どういうことか説明してくれただろうに。けれども、ボタニストはいつもこうだった。わたしたちが差しだせるものよりもっといいものを求めて、ふらふらと離れていってしまうのだ。酒宴とか、珍しいキノコとか、悲しい運命の恋人とか、アツモリソウの群生とか。それに、わたしたちは科学的な説明に注意を払ったことがなかった。誰ひとり。説明している当人のほかは。

アストロノマーは、腕いっぱいに魚を抱えて岸へあがった。高い背びれから水が飛び散るさまは、まるで星のようだ。うお座はあまり明るくないから、肉眼で見るのはむずかしいよ、と彼は語った。予想どおり、誰も興味を持たなかった。アストロノマーはわたしたちに、フードスタンドの残り火を使って魚を焼こう、あの悪魔の子どもがそうさせてくれるならだけど、と言った。これはわたしたちが知らなかったアストロノマーの一面だった。すぐに傾けたがる科学の蘊蓄《うんちく》とは違って、この一面はわたしたちの興味を引いた。

コックは仰向けになって、歯ぎしりしながらぐっすり眠っている。

あまり時間がない、と誰かが言った。

わたしたちは切迫感に駆られていたが、どこへ行くべきか、いつ行くべきかが、わからなかった。

背が高く細長い家の三階の寝室では、ボタニストが床からさきほどの人を抱きあげて、ベッドに入れていた。重みはほとんど感じられない。羽根のように軽いので、すでに死んでしまっていて、身体ではなく魂を持ちあげているみたいだった。懇願するような目で見つめられたが、ボタニストはだめと首を振った。額にかかった髪を払ってやり、瞼を閉じさせた。彼らはわたしの物語を知らない、とボタニストは考えた。わたしはあまりに早く連れてこられたから、わたしの物語は、ほかのみんなの物語のように、口を挟まれて台無しにされずにすんだ。コックの物語は別にして――コック自身が何度も警告していたとおり、その物語はひどく短かった――みんなはすでに自分の物語を語りおえていた。

いまやボタニストは、生繭《きまゆ》から気を吸引しようとしていた。絹糸からきらめきを切り取ろう。シルクトレイルはシルクロードよりずっと短いが、網羅する期間ははるかに長く、人の一生に当たる。

わたしたちは雪のなか、内陸を進んだ。平原を横切ろうとしていた。果てのない平原を。ラビリンスのなかで誰かが果てのない平原の歌を唄っていたが、誰がいつ唄っていたのか、思い出せなかった。どこまで行くべきなのか、どこに向かうべきなのかもまだ謎のままだったが、ジオグラファーはケルンが積まれている場所で測量を行った。わたしたちの犬はほとんど、あるいはまったく恐れを知らなかった。いったん引き革につながれると、犬たちは従順になった。とはいえ、その忠誠心はまずお互いに向けられ、わたしたちは、あと回しにされた。犬とエサ、あるいは犬とその相棒とのあいだに割り込むような馬鹿はすべきではない。犬たちは放っておくと、引き革を食べ、鞭やブーツも食べてしまう。ほかに食べられるものがなければ、わたしたちも食べられてしまうだろう。でも、おれのことは食べないさ、とアイスマンは言った。だが彼は夢想家だ。

雪が降っていた。シーズンの終わりに降る雪で、大きな薄片が目にはいって溶けると、何もかもが輝き、あっというまにクリアになる。天から舞い落ちる粉雪と、橇のブレードの下でかちかちに固まっている雪。前進すれば未来があるかのように無限に広がる風景。黒い崖の裂け目に落ちて溜まっている雪。その崖は、沿岸から遠く離れるにつれ、わたしたちの両側で、後ろ足で立つように高くそびえはじめた。

唇が凍え、話がしにくくなった。折に触れてジオグラファーが、あのときの嬉しさを思い出させた。あのときというのは、丘の頂上を越えて、次のケルンを見つけたときだ。馴染みのある何かの存在を発見するのは嬉しいものだ。たとえそれがいつどこで見つかるのかわからないときでさえ。

大切な人を見つけるみたいに、とコックは言った。妻のことを考えているのだ。コックの物語はいちばん短かった。その物語は真実の愛と共に始まり、真実の愛と共に終わる。食欲はパンくずの追跡で終わる。そのあいだ、わたしたちはじっと立って、ジー・ムーンが近づいてくるのを見ていた。ジー・ムーンは鮮やかな赤のパーカーを着て、橇の上に立ち、バランスを保ちながら犬を駆り立て、雪のカーテンを抜けてやってきた。

最後にジー・ムーンを見たのはいつだったろう。病院で、アイスマンが口に手を当てられたあの日だろうか。知らぬ間に姿を消したが、いままた現れた。

ジー・ムーンにはそうする必要があったのだろうかと、わたしたちは不思議に思った。

けれども、アストロノマーは気にしていないようだった。

トレイルがあって、とアーキビストが言った。丘の頂上を横切るトレイルを進んでいたんだ。もちろん、トレイルには目印があっただろう。わたしたちのうち何人かは、母がそのケルンをいじっていたことを覚えていた。

聞いてちょうだい、とトポロジストが言った。簡単な幾何学の問題なの。B地点がなければ、A地点から線は引けない。

トポロジストがわたしたちを安心させようとしていたとしても、効果はなかった。トポロジストが言いたかったのはこういうことだ。わたしたちがミッションを成功させ、海岸にあったケルンの次のケルンの場所を特定すれば、そのケルンが次のケルンを導き、すべての状況が変わるだろう。つまり、次のケルンの場所を特定できれば、未来があるということだ。

これって、昔よくやってた遊びみたい、とトポロジストが言った。なんだっけ？　サーディンズ？

その遊びのことを考えると、家の匂いがよみがえる。ワニスとミモザの花、ゆでた髄骨とクローヴ、あけはなった窓からはいってくる冷たい空気、湿ったウールと汗の匂い。

誰かが〝鬼〟に選ばれる。ほかの子は玄関のバチェラー・チェストのそばに立ち、目を覆う。すると〝鬼〟になった子は家のなかに隠れる。それを待つわたしたちを、祖先が金メッキのフレームから瞑想にふけっているような表情で見下ろしている。この人物はここに最初にやってきた人で、この人がいなければ、わたしたちはまちがいなくどこかほかの場所にいただろう。どこか暖かくて、ことによっては木漏れ日のさす場所。あるいは、なぜ別の場所ではなくここなのかという感覚がないまま、ここにいるかもしれない。

ボタニストはよく、ご先祖様はハンサムだね、と言っていた。〝著者たち《オーサーズ》〟というカードゲームのサー・ウォルター・スコットみたいだと。キーパーは、寄り目だと言った。コックは、セールスマンを追い払うためにここに飾ってあるんだと言った。

サーディンズは、人と距離を置こうとしている人びとにとっては、世界最悪の遊びだ。よそ者のはいりこむ余地はなく、ひとりでいる場所もない。鬼は、広々とした空っぽの隠れ場所でしばらくじっとしていることになるのだが、いちばん大事なのは、最終的にみんなが一緒に隠れられそうな場所を見つけることだ。実のところこの遊びは、わたしたちが共に暮らしていた状況を完璧に再現している。ただし、いつのまに参加することになっていたのかは謎だが。

この遊びをしているとき、自分だけ取り残されたと思う瞬間がある。走る足音、ドアが開閉する音、くぐもった笑い声、身体と身体をぶつけあう音、嬉しい驚きの声。はじめは聞こえていたそれらの音が、ぴたりとやむ。やがて沈黙が口を開くと、巨大なその黒い穴に、いまにも落ちそうになる。

わたしたちはそれぞれ、この瞬間を経験したことがあり、それぞれが別の状況で独りぼっちになったことがあった。ナニーがリネンクローゼットのなかに半分はいった状態で、頭を少しのけぞらせて棚にもたれ、口をあけ、手をスカートの奥に入れて動かしていた。ナニーにはわたしたちが見えていたのだろうか、それとも夢中で気づかなかったのか。見る側より見られる側になることを想像するほうが興奮する。監視鳥《ウォッチバード》だ！　キッチンのドアのところで、わたしたちからは見えない誰かのすぐそばに立ち、笑いながら身を乗りだして抱き合い、息をはずませていた母さん。新聞をかたわらに置いて、両手で顔を覆っていた父さん。わたしたちは父さんがそうしているのを目にしたけれど、笑っているのか泣いているのか、はっきりわからなかった。

横手に海が広々と横たわり、入り江が肘を曲げるように湾曲している。わたしたちのなかには、最初から海はそこにあったと考える者もいた。前進しつづけるためには、遅かれ早かれ海を渡らねばならないことはわかっていた。横断するか方向転換するか。ジオグラファーはそう言ったが、それは間違いだろう。水は凍っているように見えたが、アイスマンは、内部に潮の流れが速い箇所があってそこに落ちる可能性もあると警告した。ラトルと呼ばれるその箇所には、いつ落ちてもおかしくない。雪はますます激しくなり、何か白いものが雪上を渡っているのが見えた。白いものが白いものを横切っている。おそらく鳥が雪面の上を飛んでいるのだ。あるいはシロクマがわたしたちのほうへ走ってきているのかも。雪そのものが寄り集まって生き物になったのかも。一匹の狐かも。

昇華と呼ばれるプロセスだな、とアイスマンは言った。物質の固体の多くは、抑えきれずにつねに気化し空中を飛びまわっている。

遭遇するものがなんであれ、それに対処するプランがなかった。ある時点で、わたしたちは犬を休ませるために橇を止めた。犬が頭をぐっと上げて、鼠の音に耳を澄ませている様子を眺めるのは楽しかった。先頭を走るリードドッグ、中央を走るスウィングドッグ、しんがりを務めるホイールドッグ——足を突っ張らせてジャンプし、鼠に飛びかかる。犬たちは、捕らえた獲物をけっしてかみ砕かなかった。

そして、本当のところ、いつもこんな調子だった。わたしたちはいつものように寄り集まった。震えている者もいれば、手をつなぎあう者もいて、雪についた長い足跡が重なりあっている。互いの吐く息が見え、誰かの泣いている声が聞こえる。誰かがホームシックにかかっていたが、どこに帰りたいのだろう。それはいい質問だ。まるでハイゲート・アパートメントで過ごす夜のようだった。眠れずに時計が時を刻む音を聴き、食べるものといえば硬くなったコーン・マフィンだけ。時間は本当にわたしたちの指のあいだをこぼれ落ちていってしまった。たくさんいた友人がどれほど減ってしまったことか。

戻ろうか？　誰かが言った。ここでは何も見つかりそうにないよ。

あれは誰？　ジオグラファーが尋ねた。みんなにも聞こえてる？

雪の上で横になって、そのまま眠っちゃだめだよ、とその人は言った。

そのときにはみんな、誰の声か気づいていた。ボタニストだ。

あのコーン・マフィン、何もないほうがましだったね、とボタニストは言った。鼠を食べるほうがいいくらい。

こんなふうに登場するのはいかにもボタニストらしかった。また会えるかもしれないという希望を捨てたその瞬間に、わたしたちの脳にふらりとはいってきては、また出ていく。地球の端っこで雪のなかを旅するには、あまりに準備不足よね、地球に端っこがあると言えるとしての話だけど。唄うような、茶化しているみたいな声。

意外にも、犬たちの背中の毛が逆立った。ボタニストはいつも、犬たちにとても好かれていたのに。キーパーの次に、だが。

全部見たよね。思い出した？　ボタニストは言った。わたしたち全員が思い出していた。サーディンズをしているとき、こっそり家のなかを歩いた。バチェラー・チェストのそばの床に手と膝で四つん這いになった犬の頭をした野獣がいたっけ。父さんがいるよ。みんなが見ていた。致命傷を負って隠れている敵がいた。ほかでは見たことのない生き物で満ちあふれた国があった。その国の多くの川はゴウゴウと音を立て、泡立ち、逆巻きながら流れていた。

ナニーは黒い石を持ってたよね。わたしたちは新しい友達を作るべきだった。でも、人類がほとんど全滅しかかっているときに、どうすれば作れた？　なぜ？　なぜそんな振りをするの？　わたしたちが建てた塔の基盤の浅かったことといったら。

ボタニストがこんなふうに話すとき、本当は何をしているのか、わたしたちにはわかっていた。過去を現在に引っぱりだしているのだ。そうやってわたしたちはよく励まされた。それから穴を掘ったよね、とボタニストは言った。掘ってないなんて言わないで。問題は、うまくいかなかったってこと。自分で自分を救えると思ったけれど、うまくいかなかったんだよね。

実をいうと、バチェラー・チェストは幾多の混乱と動乱を生き抜いた。最後の転生を経て、パルプになり、そして無になったあとでさえ、過去を思い出させるリマインダーには
ならなかった。それそのものが過去だったから。母はそのバチェラー・チェストを結婚生活に持ちこんだ。とても古く、母の父方の家族から受け継がれてきたものだった。ブラック・ウォールナットでできていて、バンフットと丁番つきのはね板を支える〝ローパー〟というふたつの格納式のガイドがあるところからして、相当古いものだった。そのはね板の上で独身男性《バチェラー》が手紙をしたためたのだ。愛しいかた、だれそれ様。わたくしの心がどれほど燃えているか。いや、あなたにどれほど恋焦がれていることか。母がこの話をわたしたちのうちのひとりにしたのだが、それが誰かはみな思い出せなかった。家具は、物事の表面を気に掛ける人にとっては重要なんだよね、とボタニストは言った。バチェラーみたいに？　とジオグラファーは尋ねた。あなたはさぞ深みがあるんでしょうね、とトポロジストが言った。

橇はラトルの手前で止まった。雪面に深い裂け目があった。その下には真夜中みたいに色のない水が流れている。犬たちは寝ころび、丸めた身体をくっつけあっている。雪が犬の毛の上に降りつもる。まもなく犬たちは、ときおりうごめき、小さな鳴き声を発し、あ

っちこっちに足が突きでたひとつの雪の塊になった。

進みつづけるべきだとわかっていた。雪は空から降りつづけ、わたしたちの腕や足に落ち、鼻の形をわからなくした。とても寒かったが、それでもボタニストは話をやめなかった。

期待どおり、大きな緑と白のアイスパンが到着したよね、とボタニストは語った。氷はなくならなかった。氷はそこらじゅうにあった。

最高の時間だった！　とボタニストは言った。わたしはそこにいたの。氷はなくならなかった。

誰かが穴に石を転がしたよね、覚えてる？　石はすごく重かったよね。死はすぐそこにあった。それがわかったのは、ボタニストの首にかかっていた髪が上にあがっていき、四肢がけいれんし、多くのエレメントが剝がれ落ち、涙がとめどなく流れ、耳は頭部にぴったりと平らに接し、階段をふさいでいたからだ。水のエネルギーは溶けて火になった。喉と舌が乾ききった。

すべてのシラミとその卵がその身体から離れた。

赤い生殖のエッセンスは母から取りだされ、上へ昇っていった。

白い生殖のエッセンスは父から取りだされ、下へ落ちていった。

血の一滴が心臓の中心で形になった。

吐きだされた息は、腕の尺だけその身体から広がった。

吐きだされた息は、矢の尺だけその身体から広がった。心臓の血はふたつの滴になった。

いつも、夜明けまえがいちばん暗いものだ、とかいうようなことを父はよく言っていた。その言葉が意味をなさないときもそう言って、そのくせ、あとになって、元気にさせてくれる言葉を聞いたら助けになっただろうときや、もう少し近い状況では、暗闇が初めてはいりこみ、わたしたちの開いた目が乗っ取られたときも、誰より励ましを与えてくれる者を失ったときさえも（わたしたちの大半はボタニストのことを考えていたけれど、それが、盗んだ食糧を腕に抱え、濡れた草だらけの丘を懸命にわたしたちのほうに登ってくるコックの姿だったとしても、目にすれば嬉しい気持ちになっただろう）、父はどこにも見つからなかった。それは意外なことではなかった。フェアマウント・アヴェニューではそういうものだった。わたしたちのうちの誰かが階段から落ちて泣いたとき、膝から血が出たとき、失恋したとき、ナニーのドレッサーに飾られたナイアガラの滝の絵葉書のそばに置かれた靴形の皿からキャンディをもらえなかったとき、いつも、人気番組の歌を奏でる父の口笛が聞こえたが、父がどの部屋にいるかは、けっしてわからなかった。

母はやることなすことすべて秘密にしたがっていているみたいに行動していてさえ、いつも居場所がわかったが、父は秘密にする気など微塵もないみたいに行動しているのに、どこにいるのかちっともわからなかった。母は見られたがっていた。わたしたちがどれほど多くの時間を費やして母を見ていたことか。

わたしたちは用心するように訓練された。問題は、見張っているものがわたしたち自身であることに慣れきってしまったことだ。わたしたちはみんな、いくつもの夏と冬を共に生き、いまも、これまでも、これからも、一歩一歩道を進んでいくだろう。けれども、わたしたちは用心するのに忙しく、それぞれの出会いや別れ、小さな過ち、入り口や出口に気づいていなかった。


町の大半が空っぽだった。あの小さな犬はずっとついてきていて、遊びに夢中になったときみたいにかかとを噛んでくることがあったが、きっとお腹が空いていたにちがいない。この犬は誰かの命を救った。その物語を思い出すのはいまではむずかしいが、それですべてが変わったので、噛み癖とひどい臭いはあるものの、忠誠心を備えたこの犬にわたしたちは借りがあった。あのスウェーデン人も病に屈した、あるいは野獣に食われた、あるいは貿易商らに仲間入りした。

最終的にわたしたちは、道路の脇にテーブルと、みんながすわるのに充分なイスを見つけ、テーブルの周りに腰を掛けた。太陽はすでに顔を出していた。紺色の日除けが頭上に広がり、はためき、波打ち、その下に集まってすわっている人びとを蒼《あお》く染めた。鉢植えの低木のうしろから、白いエプロンを腰の低い位置に着けた男が現れた。男は薄くなりつつある髪を手でなでつけた。注文を取るためにそこにいるのだとしても、その素振りを見せなかった。

宿につながるふたつのフレンチドアは濃緑に塗られていて、そのひとつがわずかに開いている。彼らがそこに行くのだろうと、わたしたちにはわかっている。ここは、初めて息を吸って初めて息を吐いたときからわたしたちが目指していた場所で、テーブルには最初から、ナイフやフォークやスプーンがセッティングされていた。ナプキンは三角に折り畳まれている。青で縁取られた白い皿も並んでいる。ゲストが誰かわかっていれば、パーティのためにテーブルをセットできたかもしれない。パーティというのはしばしば、説明のようなものを提供する場になる。ただ正直なところ、人生のなかで説明ほどつまらないものはない。わたしたちはすでに、知るべきことはすべて知っている。あるいは知っているつもりになっている。

ここは赤ん坊の来る場所ではないのですが、とエプロン姿の男が言った。男は不満げで、軽蔑さえ込められているようだったが、はっきりとはわからなかった。この男は、人の身体を手に入れてここまで耐え抜いてきたすべてのものを見てきたのだ。悲しいかな、人の身体は日に日に老いていく。現世のわたしたちの周りの血縁者や友人たちは、市場に集まった買い物客みたいなものだ。市場が閉まれば、客たちは散っていく。この幻想の集合体もまた同じ。

わたしたちのひとりは、子宮の入り口をふさぎそこね、そのためにこの世での刹那的な生の残りを、犬小屋か豚舎か、蟻塚かミミズの丘で苦しむ羽目になった。後戻りはできないのだ。

わたしたちのひとりは、大皿の上に並んだフィレになり、レモンでびしょぬれにされ、口にパセリを挿された。

わたしたちのひとりは、登山道の頂上で崩れているケルンのように横たわり、すっかりばらばらに切り刻まれた。

わたしたちのひとりはキッチンに残り、食べ物を扱っている。

フェアマウント・アヴェニューの我が家には、料理人がいなかった。わたしたちは相当な人数だったから、いたほうが良かったかもしれないが、母は自分が料理をするとよく言っていた。母はキッチンでわたしたちに仕事を振り分けた――刻んで、混ぜて、叩いて、打って、畳んで、洗って、切って。わたしたちはいつも、自分が受け持っている作業からいったい何ができるのか見当がつかなかったが、驚くなかれ、できあがった料理をテーブルに運んで父に見せると、父は母をほめそやした。そうやってみんなでよく食事をしたものだ。コックは料理に興味がなかった。当時、コックは化学実験のセットを持っていた。ボタニストは夜中にこっそりキッチンに行って、冷蔵庫の扉の裏に収まった瓶からシロップ漬けのサクランボをすっかり食べてしまった。おかげで父がカクテルに入れられるのは、サクランボの茎だけだった。トポロジストもこっそりキッチンに行ったが、心惹《ひ》かれたのは、鍋やフライパンやボウルなど何かをいれる容器だった。アイスマンは冷凍室にご執心で、アーキビストはゴミ箱に夢中だった。キーパーは、ケーキやクッキーを好んで焼いたが、その理由はおもに、食べるのが好きだったからだ。

フレンチドアの向こうに、エプロンの男がはいっていった。そして出てきたのは、七種類の穀物から作られたパンの人形だった。四大エレメントの種子《しゅじ》とそのほかのパステルカラーのごちそうも出てきた。給仕の器具が触れ合ったとき、嫌な音がした。

アストロノマーは膝の上に赤ん坊を乗せてすわっていた。すでに赤ん坊は母親のように落ち着いていた。母親はどこにも見当たらなかった。わたしたちのひとりが、赤ん坊にこっそり食べ物をあげた。これはナニーが、わたしたちを取りこむためにしていたやり口だ。ナニーのことをすごいと思っているでしょ、と母はよく言っていた。でも、そのすごさの半分もわかってないでしょうね。よしよし、いい子いい子、と誰かが言っている——ジー・ムーンの声に思えたが、はっきりわからなかった。その声は淡緑色で、翅のように小さく畳まれていた。その声が話しているあいだにも、わたしたちは影みたいに徐々に消えつつあった。

テーブルの料理を犬に与えないでください！　とエプロンの男がきつい口調で言った。

人間の領域における採食の年はすでに終わっていた。食べていたときはおいしいと思えた。けれども、いまもそれほどおいしいのだろうか。恐ろしく能力が高い神々でさえ、わたしたちの行為の作用を止めることはできないし、もっとも偉大な行為は、ある場所から別の場所へ旅したことで、もっともささやかな行為は、蚤を殺したことだ。

ご自分のものと思えるものが何かおありですか？　とエプロンの男は言った。

この質問はわたしたちに向けられたものだったが、本当のところ、わたしたちはすでに、自分たちの目がそこにはないことを目のあたりにしていた。こうして、わたしたちの身体の各部分が消えていった。髪も、黒い眉も、笑顔も、金の王冠も。

謝辞

本書の一部は、もともとシンシナティ・レビュー誌に〝ジェヴォーダンの獣（La Bête du Gévaudan）〟、コンジャンクションズ誌に〝ボタニストの家（The Botanist's House）〟、フェアリー・テイル・レビュー誌に〝エクスカーション（The Excursion）〟、フェンス誌に無題の抜粋、ハーバード・アドボケート誌に〝ジャニュアリー・トンネル（The January Tunnel）〟、そしてレビュー・オブ・コンテンポラリー・フィクション誌に無題の抜粋として、やや異なる形で出版されている。

ルイーズ・グリュックとポリー・ヤング・エイゼンドラス、オラウス・マグヌスとルクレーティウス、そして『チベットの死者の書』に感謝する。これらの人と書物は本書のスピリットを大いに活気づけてくれた。

訳者あとがき

本書はキャスリーン・デイヴィス著 ***The Silk Road*** の全訳である。

デイヴィスは米国の作家で、これが八作目にあたる。アメリカ人女性が著したフィクションに与えられるジャネット・ハイディンガー・カフカ賞を受賞した、唯一無二のユニークな作品を生みだす優れた作家だ。

本作品が米国で刊行されたのは二〇一九年三月で、まだコロナの大流行など影も形もなかったころだが、まるで未来を予測するかのように、世界で猛威を振るった疫病、ペストをひとつのテーマとして、ペストが蔓延した中世と、再び同じような感染症が広がっている現代に近い架空の世界が入り混じるようにして描かれている。登場人物たちは、病気を避けて、永久凍土が広がる北の地にある移民用施設を目指す。

物語の出だしは、その施設で行われているヨガ教室からはじまる。インストラクターは〝水のように光を放ちながらつねに変化する何か、新生児の目のようにどこまでも深く蒼い何かで覆われている〟謎の女性、ジー・ムーンだ。ヨガのレッスンを受けているのは、施設に避難している大勢の人びとで、そのなかに天文学者《アストロノマー》、記録保管人《アーキビスト》、植物学者《ボタニスト》、守護者《キーパー》、位相幾何学者《トポロジスト》、地理学者《ジオグラファー》、氷屋《アイスマン》、そしてコックと呼ばれている八人がいた。レッスンを締めくくる屍《シャバーサナ》のポーズのあと、ひとりだけ起き上がらない者がいて……

〝この小説は、最後に謎が解明されるミステリというより、カードの意味を読みとくタロット占いに似ている。デイヴィスは象徴やイメージをページの上に描きだした。これを読んだ読者の解釈はさまざまで、同じどころか、似てさえもいないだろう。けれども、予想外と規格外が組み合わさった作品だからこそ、心を打たれ、哲学的な意識が呼びさまされる〟スター・トリビューン（ミネアポリス）紙

この書評にあるように、本書では謎は謎のまま放置される。最後に犯人が正体を現したりする場面はない。別の作品についてのインタビュー（bookslut.com）に、その理由が垣間見えるデイヴィスのコメントがあったので、ここで紹介しておく。〝最初は古典的な殺人ミステリを書いてみようかと思ったのですが、ミステリにつきものの探偵がみんなをすわらせて、真相はこうで、犯人はこの人だ、という場面が退屈で好きではないことを思い

出しました。わたしは、この退屈な部分を作品に入れたくないのです〟。本書のなかでも、著者のこの思いを映しだしているような一節がある。

〝パーティというのはしばしば、説明のようなものを提供する場になる。ただ正直なところ、人生のなかで説明ほどつまらないものはない〟

八人の登場人物はそれぞれ、北方のその地にたどり着くまでのいきさつを物語っていく。だが、みな記憶があいまいで、あやふやで、途切れ途切れだ。それぞれの物語の隙間を埋めるように、子どものころの思い出も語られる。けれども、フェアマウント・アヴェニューの大きな家で、乳母《ナニー》に世話されながら、父母と一緒にみんなで暮らしていたという大筋は覚えていても、そのほかの記憶はばらばらで一致しない。ヨガのインストラクターを務めていたジー・ムーンについても、いつから一緒にいたのかはっきりしない。

別の書評では〝迷ったときは、ただ読み進めるべし〟とあった。登場人物たちが迷いながら道を進んでいるように、読者のみなさんもおそらく、道に迷って右往左往するだろう。本書はリーダーフレンドリーな作品ではない。読み手を煙に巻いて、置き去りにしようとしている気さえする。読者はなすすべもなく、頭の中にクエスチョンマークを溜めこみながら、読み進めるしかない。登場人物たちがしていたように、目印を求めて、一歩一歩前進あるのみだ。そうすると、ふいに日常を切り取ったような会話が出てきたり、次のような独特な表現に巡りあえたりする。

〝女の子が首を曲げると、幼い弓なりの首筋に褐色の薄い産毛とカフェオレ色の母斑がいきなり現れる。それを心置きなくうっとりと眺めるのだ〟

そうやって読み進んでいるうちに、徐々に浮かび上がってくるもうひとつのテーマがある。それは家族愛だ。といっても、ストレートに愛情が表現されている部分はあまりない。だが影が濃くなると光がかえって際立つように、妬みや孤独、寂しさを表すエピソードや会話によって愛情が浮き彫りにされていく。それらのエピソードはリアルで、ノスタルジーに満ちていて共感できる部分が多くある。たとえば、「サーディンズ」というかくれんぼに似た遊びを思い出す場面では、遊んでいる途中でふと孤独を感じる瞬間が描かれている。

〝この遊びをしているとき、自分だけ取り残されたと思う瞬間がある。走る足音、ドアが開閉する音、くぐもった笑い声、身体と身体をぶつけあう音、嬉しい驚きの声。はじめは聞こえていたそれらの音が、ぴたりとやむ。やがて沈黙が口を開くと、巨大なその黒い穴に、いまにも落ちそうになる〟

本書では随所にいろいろな文献や詩が引用されている。謝辞にもあるルクレーティウスの著作、アンデルセン童話などの断片が、コラージュのように組み合わさって、独特の世界を生みだしている。このコラージュの下地のような存在が『チベットの死者の書』である。『チベット死者の書』とも呼ばれるこの仏典は、チベット仏教の経典のひとつで、人が死んだあと、輪廻を繰り返さずに解脱《げだつ》できるように死者の耳元で唱える枕経《まくらきょう》なのだそうだ。死んだあと、通常の人は母の胎内に戻ってまた別のものに生まれ変わり、輪廻を繰り返す。だから、胎内への入口を閉ざすことでその繰り返しを止めるのだという。本書でも登場人物たちは、時代も場所も飛び越えて、ぐるぐると何度も旅路を巡っているように思える。

〝宇宙船に乗って、ものすごく長いあいだ同じ方向に進んでいるとする。そのうち壁に衝突するかもしれない。果てしなく進みつづけられるかもしれない。もしかすると、出発した場所に戻ってきているのに、それがわからないのかもしれない〟

キャスリーン・デイヴィスの夫、作家のエリック・ゼンシーは、米国で本書が刊行された数カ月後に、十年患っていた癌で他界している。そんな夫を家族で支えながら本書は執筆されたのではないだろうか。そう考えると、家族愛というテーマと、それにずっとつきまとう死の影が、すとんと腑に落ち、せつなさで胸がいっぱいになった。このように書くと、湿っぽい話のように思われるかもしれないが、けっしてそうではない。美しい詩的な表現と、ユーモアとアイロニーが絶妙のバランスで共存する稀有な作品で、ひとたびページを開けば、独特の世界に引き込まれ、いままでにない読書体験を味わうことができるはずだ。その体験を気に入っていただければと、心から願っている。

本書を訳す機会をくださり、編集し校正してくださったみなさまに深く感謝いたします。ありがとうございました。

二〇二一年二月

訳者略歴　大阪外国語大学卒業，翻訳家，訳書『NO HARD WORK!』フリード＆ハンソン，『新エクセレント・カンパニー』ピーターズ，『ダウントン・アビー 華麗なる英国貴族の館』フェローズ（共訳，以上早川書房刊），『アメリカ自然史博物館 恐竜大図鑑』ノレル，『歴史を変えた10の薬』ヘイガー，他多数

シルクロード

2021年3月20日　初版印刷
2021年3月25日　初版発行

著者　キャスリーン・デイヴィス

訳者　久保美代子《くぼみよこ》

発行者　早川　浩

発行所　株式会社早川書房
東京都千代田区神田多町2－2
電話　03－3252－3111
振替　00160－3－47799
https://www.hayakawa-online.co.jp

印刷所　株式会社亨有堂印刷所
製本所　大口製本印刷株式会社

Printed and bound in Japan

ISBN978-4-15-210007-8 C0097

乱丁・落丁本は小社制作部宛お送り下さい。
送料小社負担にてお取りかえいたします。